싸울 때마다 투명해진다

싸울 때마다 투명해진다

초판 1쇄 발행 2016년 12월 26일
초판 9쇄 발행 2023년 6월 20일

지은이　　은유
펴낸이　　이영선

편집　　이일규 김선정 김문정 김종훈 이민재 김영아 이현정 차소영
디자인　　김회량 위수연
독자본부　　김일신 정혜영 김연수 김민수 박정래 손미경 김동욱

펴낸곳 서해문집 | 출판등록 1989년 3월 16일(제406-2005-000047호)
주소 경기도 파주시 광인사길 217(파주출판도시)
전화 (031)955-7470 | 팩스 (031)955-7469
홈페이지 www.booksea.co.kr | 이메일 shmj21@hanmail.net

이 도서의 국립중앙도서관 출판예정도서목록(CIP)은 서지정보유통지원시스템 홈페이지(http://seoji.nl.go.kr)와 국가자료공동목록시스템(http://www.nl.go.kr/kolisnet)에서 이용하실 수 있습니다.(CIP제어번호: CIP2016029636)

싸울 때마다 투명해진다

은유 산문집

서해문집

싸움하는사람은즉싸움하지아니하던사람이고
또싸움하는사람은싸움하지아니하는사람이었기도하니까
- 이상의 시 〈오감도-시제3호〉 중에서

함께 서점에 간 선배가 매대를 둘러보더니 책을 한 권 골라달라고
했다. 나는 일본 여성학자 우에노 치즈코의 《여성 혐오를 혐오한다》
를 짚었다. 선배는 한번 훑어보더니 나 이런 적 없는데, 하며 무심히
책을 덮었다. 자신은 여성으로서 혐오나 차별을 겪지 않았다는 뜻
이다. 순간 당황한 난 선배의 귀에 대고 말했다. 그거 자랑 아니니까
너무 크게 말하진 마. 선배로서는 그럴 만했다. 업계에서 손꼽히는
능력자로 고액 연봉을 받는 커리어우먼이자 비혼에 비출산 여성이
다. 여자라서 설움을 겪을 일이 거의 없었다. 그러나 그 운이 언제까
지 계속될지는 아무도 모른다. 존재는 흐른다. 싸움하는 사람은 싸
움하지 아니하던 사람이었기도 하니까.

　　나는 외동딸로 컸다. 엄마가 쌀 씻는 일 한번 시키지 않았다. 직장

에선 고유한 업무 영역이 있었기에 존중받는 편이었다. 스물두 살, 노조에서 일할 때는 대개의 여자 상근자가 여성부를 맡는 관행을 깨고 교육홍보부직으로 갔다. 여성 문제에 별 관심이 없으며 노보 만드는 일을 하겠다고 당당히 요구했다. 나혜석보다는 전태일의 생애에 관심을 가졌고 로자 룩셈부르크보다는 카를 마르크스를 공부했다. 그래야 남자 동지들과 말이 통했으니까. 페미니즘은 몰라도 되지만 마르크시즘을 모르는 건 부끄러운 일이었다. 유일한 여자 노조 간부로서 뒤처지고 싶지 않다는 결의는, 나 스스로를 남자와 동일시하거나 남자의 승인을 기다리는 명예 남성의 존재로 만들었다.

내가 여성성을 맞닥뜨린 건 결혼 이후다. 낯선 생활 세계가 열렸다. 해주는 밥만 먹다가 밥을 해먹어야 했다. 누가 시킨 것도 아닌데 나는 집안일에 솔선하는 아내가, 그는 잘 도와주는 남편이 되었다. 그도 나도 똑같이 자유롭고 독립적인 개인으로 살다가 결혼을 했는데 가부장제 가족 제도에 편입되는 순간, 여자인 나는 계속 뭔가 불리했다. 자식의 배우자를 대하는 양가 부모의 태도도 달랐다. 설명할 수 없는 감정이 울컥 치밀어 이불 뒤집어쓰고 울다 잠들곤 했다. 싸움보다 교화를 택했다. 여의도에서 잠실로 남편과 같이 출퇴근하면서 차 안에서 여성주의 책들과 고정희의 시집을 소리내 읽어주었다. 일상의 불평등 구조는 해소되지 않았다. 이론의 주입은 가능하나 감각의 세팅은 불가능했다. 두 아이를 낳았고 엄마가 되었다. 그때부터 공중 삼회전 난이도가 따르는 삼인분의 삶을 살았다. 밥도 세 그릇, 빨래도 세 판, 청소도 세 번, 고민도 세 가지. 물론 남편은 아이들과 놀이터에 나갔고 설거지를 자처했으며 배우자의 사적 생활을 지지했다. 우리에게 '평등 부부상'을 준다는 이웃도 있었지만 육아와 살림은 이벤트가 아니다. 단조롭고 반복적인 엄마 생활은 끝나지 않았으니 난 종종 외로웠다. 양육의 기쁨과 양육의 고통은 희비의 쌍곡선처럼 내 마음을 어지럽혔다. 엄마라서 행복하고 엄마라서 불행했다. 불행에 삶의 자리를 내어주면 큰일나는 줄 알았기에 나의 불행과 나의 행복은 자주 다퉜다. 그러는 사이 이십 대가 가고 삼십 대가 쳐들어왔다.

행복 없이
사는 훈련

나는 싸움하는 사람으로 변했다. 공격 대상이 모호했다. 날마다 가슴에서 전쟁이 벌어졌고 혼자 치르는 전투에서 나는 매일 전사했고 꿈처럼 깨어나 오늘을 살았다. 시詩가 무기였다. 둥그런 바가지 머리일 때부터 방바닥에 누워 주섬주섬 먹던 시. 이전처럼 한갓 유희로 시를 읽을 수 없었다. 생이 고달플수록 시가 절실했다. 일을 마치고 늦은 밤 귀가하면 식구들은 잠들고 집은 난장판이 되어 있곤 했다. 식탁 위에는 라면 국물이 반쯤 남은 냄비와 뚜껑도 닫지 않은 김치보시기와 고춧가루 묻은 젓가락이 엑스 자로 놓여 있었다. 남편과 아이들이 벗은 양말은 발아래 낙엽처럼 채였다. 텔레비전은 저 혼자 무심하게 떠들고 있었다. 무엇부터 해야 할지 몰라 아무것도 손댈 수가 없을 때면, 나는 책꽂이 앞으로 가서 주저앉았다. 손에 잡히는 시집을 빼서 시를 읽었다. 정신의 우물가에 앉아 한 30분씩 시를 읽으면서 시간을 보냈다. 왜 그랬을까. 나는 기계적으로 일하는 노예가 아니라 사유하는 인간임을 느끼고 싶었는지도 모르겠다. 시를 읽으면서 나는 나를 연민하고 생을 회의했다. 생이 가하는 폭력과 혼란에 질서를 부여하는 시. 고통스러운 감정은 정확하게 묘사하는 순간 멈춘다고 했던가. 마치 혈관주사처럼 피로 직진하는 시 덕분에 기력을 챙겼다. 꿈같은 피안으로의 도피가 아니라 남루한 현실을 직시하는 것만으로도 이상하게 힘이 났다. 시가 주는 묘한 해방감의 정체가 무언지는 몰랐다. 그런데 친구가 소설에서 봤다며 조선조 사대부 여인에게는 시가 짓기를 금했다는 얘기를 들려주었다. 그 책 내용은 다음과 같았다.

> 결혼은 항상 숙명과 같은 엄숙한 얼굴로 가시울타리를 치고 있었다. 아내는 그 울타리 안에서 순치된 가축처럼 고분고분 살아갈 뿐이다. 이것이 남권 사회의 순리다. 가장 무난한 방도는 회의하지 않는 일이다. 남권 사회에 있어서 여인의 회의는 독약이나 같다. 조선조 사대부 여인들에게 시가 짓기를 금한 것은 이 때문일 것이다. 문학에 눈뜨는 것은 회의에 눈뜨는 일이 아닌가.
> - 이영희의 소설 《달아 높이곰 돋아사 (1권)》

문학에 눈뜨는 일은 회의에 눈뜨는 일이고, 회의에 눈뜨는 일은 존재에 눈뜨는 일이었다. 시를 읽는 동안 나 역시 생각에서 생각으로 돌아눕고 곱씹고 되씹고 뒤척이기를 반복했다. 흔한 기대처럼 시는 삶을 위로하지도 치유하지도 않는다. 백석 시인이 노래했듯이 "내 슬픔이며 어리석음이며를 소처럼 연하여 쌔김질"할 뿐이다.

사는 일이 만족스러운 사람은 굳이 삶을 탐구하지 않을 것이다. 시가 내게 알려준 것도 삶의 치유불가능성이다. 니체가 말했듯 "상투어로 자신을 위로하는 끔찍한 재능"만으로는 감당할 수 없는 삶의 바닥까지 시는 깊게 내려간다. 옥타비오 파스의 말대로 시는 존재의 심층에 거주한다. 시를 통해 나는 고통과 폐허의 자리를 정면으로 응시하는 법을, 고통과의 연결고리를 간직하는 법을 배웠다. 일명 진실과의 대면 작업. 어디가 아픈지만 정확히 알아도 한결 수월한 게 삶이라는 것을, 내일의 불확실한 희망보다 오늘의 확실한 절망을 믿는 게 낫다는 것을, 시는 귀띔해주었다. "인간은 자기가 어떻게 절망에 도달하게 되었는지를 알면 그 절망 속에 살아갈 수 있다"는 벤야민의 말을 나는 시를 통해 이해했다. 시를 읽는다고 불행이 행복으로 뚝딱 바뀌지는 않지만 불행한 채로 행복하게 살 수는 있다. 불행에 삶의 자리를 선뜻 내어주자 나는 싸움하지 아니하는 사람이 되었다. 황동규 시인의 말대로 "시는 행복 없이 사는 훈련"인 것이다.

집안일부터 세상일까지
수시로 울컥하다

사는 일이 힘에 부치고 싱숭생숭이 극에 달하는 날이면 글을 썼다.

오직 노릇과 역할로 한 사람을 정의하고 성과와 목표로 한 생애를 평가하는 가부장제 언어로는 나를 온전히 설명할 수 없었다. 몸에 돌아다니는 말들을 어디다 꺼내놓고 싶었다. 꺼내놓고 싶은 만큼 꺼내놓고 싶지 않았다. 나에게 고유한 슬픔일지라도 언어화하는 순간 구차한 슬픔으로 일반화되는 게 싫었다. 우리가 입을 다무는 것은 할 말이 없어서가 아니라 말하고 싶은 것을 모두 말할 수 있는 방법을 모르기 때문이라고 하던가. 말하고 싶음과 말할 수 없음, 말의 욕망과 말의 장애가 충돌하던 어느 봄날, 나는 이미 무언가를 쓰고 있었다.

아이들이 학교에서 돌아오면 간식 챙겨주고픈 구닥다리 모성관의 소유자이자, 문득 일상을 전면 중지하고 홀연한 떠남을 꿈꾸는 몽상가이자, 시시때때로 아름다운 언어에 익사당하고 싶은 문자중독자이고, 밥벌이용 글을 써야 하는 문필하청업자이며, 사람 만나 이야기하고 그 소소한 행복을 글로 쓰길 좋아하는 데이트 생활자인 나. 수많은 존재로 증식되는 나를 추스르느라 휘청거리며 살아온 날들을 글에다 담았다. 한 해 두 해 시간이 흐르고 말들이 쌓이고 시집이 늘었고 눈물이 마르고 아이들이 커가고, 나의 첫 산문집《올드걸의 시집》이 태어났다.

'상처받고 응시하고 꿈꾼다'는 부제로 존재의 사투를 한 줄 요약했다. 연애, 결혼, 일로부터 수시로 울컥하는 여자들을 위한 셀프 구원의 기록! 책 뒷장에 박힌 홍보 문구가 접선 신호였을까. 그 책을 낸 다음 나는 각자의 일상에서 울컥하는 여자들, 싸움하는 사람들과 만났다. 성폭력·가정폭력 피해 여성들, 남자가 최고의 스펙인 취업 경쟁에서 실패하는 젊은 여성들, 애 낳고 자기 삶이 사라진 여자들, 직업병으로 자식을 먼저 보낸 부모들……. "여성들은 수백만 년 동안 집에 틀어박혀 있었다. 그 결과 이제 집안을 둘러싸고 있는 벽들에도 그들의 창조적 능력이 스며들게 되었다"고 버지니아 울프가 《자기만의 방》에 썼듯이 싸움하는 사람들은 삶을 창조하는 사람, 말을 생산하는 사람들이기도 했다. 한국사회에서 아직 시민으로 인정받지 못하는 여성들, 엄마라는 극한 직업을 수행하는 노동자인 우리는 서로의 설움과 분노를 쏟아냈고 알아챘고 제 맘처럼 이해했다. 집안일에서 시작된 나의 울컥은 세상일로 번졌고, 울컥이라는 존재의 딸꾹질을 글로 써서 진정시키곤 했다. 싸움하지 아니하는 사람은 싸움하는 사람이 되었고, 인간의 불행을 사회 구조 속에서 보는 시선을 얻었다. 싸움할 때마다 어지러운 생각의 한 자락을 붙들고 늘어졌다. 나는 무엇에 분노하고 무엇에 취약하고 무엇을 욕망하나. 자기 인식이 형성되자 애매한 감정에 짓눌리지 않았다. 불필요한 집착과 회한과 연민이 줄어들자 몸이 가벼워졌다. 삶은 행복으로 구성되는 것이 아니라 우리가 살아온 날들로 이루어지는 것이라는 말을 비로소 받아들일 수 있었다.

나의 울컥을
생의 질문으로

《싸울 때마다 투명해진다》는 절판된 나의 첫 산문집에서 추린 글들,

생에 울컥한 순간 일상을 추스르며 적어간 글 중 아직 어느 책에도 실리지 않은 기록들, 한국방송통신대학교 학보와 《한겨레》에 가장 최근까지 연재한 칼럼을 모은 것이다. 이 책은 서른다섯부터 마흔다섯을 경유하는 한 여자의 투쟁의 기록이다. 모성을 수행하는 엄마이자 존재를 이행하는 자아라는 양립 불가능해 보이는 삶의 조건 속에서 나는 분열했고 분투했다. "존재하는 한 이야기하라"는 페미니즘의 명제대로 말하기를 시도했고 글쓰기를 멈추지 않았다. 싸움은 불가피했다. 팸 모리스 말대로 "모든 재현은 이데올로기적 갈등의 장 또는 상반되는 관점들이 서로를 지배하기 위해 투쟁을 벌이고 있는 언어학적 공간"이기 때문이다. 언어와 현실의 투쟁을 거치며 자기 언어를 더듬더듬 찾아갔고 그러는 사이 삼인분의 인격은 각자 분화했다. 딸아이 꽃수레는 미취학 아동에서 중학생이 되었고, 잠꾸러기 아들은 군에 입대했고, 나는 글 쓰는 사람 은유가 되었다.

이 책에 담긴 싸움 목록은 크게 네 가지다. 여자라는 본분, 존재라는 물음, 사랑이라는 의미, 일이라는 가치. 이것을 목차로 구성했다. 엄마는 왜 크고 좋은 수박 한 덩이 마음껏 못 사드시고 살았을까, 남자에게 여자 말만 잘 들으면 된다고 말하는 김제동의 말은 왜 문제인가, 홀로 아이를 낳고 유기한 어린 산모는 어떤 밤을 보내고 있을까, 상업계 고등학교를 졸업하고 글 쓰는 일을 하는 나는 왜 평범하지 않은 사람이 됐을까, 이름도 바꿔보고 직장도 옮겨보며 매일 노동하고 살아가는 존재의 자리매김은 왜 이토록 어려운 걸까, 사랑이 아니라면 기나긴 인생은 어떻게 살아지는 걸까, 한평생 한 사람의 곁이 되는 일은 사랑 없이 가능할까, 말과 살을 섞다가 살만 섞어도 혹은 말만 섞어도 사랑일까, 철학자와 식당 노동자가 동등한 직업인으로 존중받는 세상은 요원한 일일까. 한 줌의 권력자를 위해 다수가 노예처럼 일하는 슬픔 사태는 왜 지구를 뒤덮는가.

싸울 때마다 질문은 탄생했다. 집안일부터 세상일까지 나의 울컥은 생의 질문이 되었다. 끝도 없고 두서없는 물음의 연쇄는 사람이 사람답게 사는 세상에 대한 질문으로 귀결되었다. 내가 구상하는 좋은 세상은 고통이 없는 세상이 아니라 고통이 고통을 알아보는 세상이다. 이는 아주 일상적으로는 끼니마다 밥 차리는 엄마의 고단함을 남편과 아들이 알아보는 것이고, 음식점이나 경비실에서 일하는 사람과 눈을 마주하는 것이다. 혹서기도 혹한기도 예외 없이 캐리어 위에 방석 하나 깔고 앉아 깐 마늘을 파는 할머니의 다 닳아빠진 엄지손톱을 보면서 그의 삶을 가만히 헤아리는 일이다. 세월호에서 아직 나오지 못한 이들이 있다는 사실에 문득 걸음을 멈추는 사람들이 많아지고, 2014년 4월 16일보다 세상이 느리게 돌아가는 것이다. 고통이 고통을 알아보고 존재가 존재를 닦달하지 않는 세상은 어떻게 가능할까. 그 물음을 내려놓지 않는 한, 나는 계속 무언가와 싸우며 글을 쓰고 있을 것 같다.

벌써 10년 전 일이다. 엄마의 돌연한 죽음으로 삶의 일회성을 자각했다. 생의 본질 아닌 것에 한눈 팔지 않게 됐다. 엄마는 내게 무엇이 되라고 말한 적이 한번도 없다는 것을 내가 엄마가 되고서야 알았다. 덕분에 무엇이 되지는 못했지만 무엇에 소외당하지도 않았다. "여성만이 가질 수 있는 고유한 자아가 있다면 그것은 역설적으로 아무런 이익도 추구하지 않고 스스로를 탈고유화할 수 있는 능력일 것"이라고 엘렌 식수가 말했던가. 엄마가 내어준 부드러운 자아의 토양에 삶에서 길어낸 언어의 씨앗을 뿌렸더니, 그것이 신기하게도 책으로 자랐다. 내 거친 생각에 빛과 물을 부어준 귀한 인연들, 같이 시를 읽고 글을 쓰고 말을 나눠준 도반들, 이 책에는 그들의 체온과 지분이 들어 있음을 말하고 싶다. 싸울 때마다 투명해지는 모든 존재들의 '탈고유화'의 여정 위에 이 책을 내려놓는다.

— 은유

2부

존재라는
'물음'

생의
시기마다
필요한
옷이
있다

3부

사랑이라는
'의미'

**모든 사랑은
남는
장사다**

4부

일이라는
'가치'

박카스
한 병
딸까요?

1부   여자라는 '본분'

싸울 때마다 투명해진다

내 생을 담은 한 잔 물이 잠시 흔들렸을 뿐이다

"저는 혼자 살아요." "결혼… 안 하셨나봐요?" "해봤어요."

영화 〈봄날은 간다〉에 나오는 상우(유지태)와 은수(이영애)의 대화. 당시 나는 이 대화가 신선했다. 여주인공의 이혼을 심각하지 않고 덤덤하게 그렸다. 심지어 "해봤어요" 할 때는 은수가 능력자로 보였다. 결혼도 해보고 이혼도 해본, 그래서 삶의 다양한 면을 경험한 성숙한 인간형으로 말이다. 2001년, 이 영화가 나올 때만 해도 이혼에 대한 세간의 인식이 부정적이었다. 허진호 감독이 멋지다고 생각했다. 내 주변에 자유로운 영혼들이 많다 보니 이혼 비율이 높다. 돌싱 남녀들. 다 내가 좋아하는 사람들이다. 그들은 자기 삶에 최선을 다한다는 공통점이 있다. 남자들의 경우 아이는 엄마에게 맡기지만 양육비를 꼬박꼬박 잘 준다. 애들 학원비뿐 아니라 생활비까지 충분히 준다. 그런데 여자들은 전 남편에게 양육비를 거의 못 받는다. 하나같이 그렇다. 그래서 그들은 남자 몫까지 하며 생계와 육아의 총책임자가 되어 참으로 열심히 산다. 존경스러울 만큼.

한동안 혼자 살고 싶어서 지독한 몸살을 앓았다. 결혼 생활 10년이 지나면서 예기치 못한 사건이 닥쳤다. 증권회사에 근무하던 남편이 고객과의 분쟁을 해결하느라 집 담보 대출을 받았다는 것을, 사건이 벌어지고 3년이 지나서야 알았다. 가정경제가 무너지는 줄도 모르고 나는 초등학교에 입학한 첫아이와 갓 태어난 둘째 아이의 육아 집중기를 통과했다. 심신이 지쳐 있던 나는, 지금 생각하니 죄의식에 날로 피폐해져가는 남편과 마찰이 잦았다. 그리고 불행의 드라마는 1부로 끝나지 않았다. 2년 후, 남은 사건의 불씨까지 제거하고 나자 집안의 돈도 삶의 에너지도 남편에 대한 신뢰도 모조리 바닥났다.

나는 인간에 대해 깊이 회의했다. 의리와 순정은 효력을 다한 것처럼 여겨졌다. 울리히 벡 말처럼 결혼은 삶의 오물통과 마주하는 일이라고밖에 해석할 수 없었다. 바람은 오직 한 가지. 내 눈앞에 아무도 사람이 없었으면 했다. 이혼이 목적이라기보다 독립이 화두였다. 남편과 자식까지, 내 몸보다 큰 배낭 세 개쯤 짊어지고 사는 그 지겨운 생활을 청산하고 싶어 애가 끓었다. 시부모님에게 양해를 구하는 편지를 드렸다. 나에게 미운 남편이라도 그분들에게는 귀한 자식이니 이해해주십사 청했다. 남편과 잠시 떨어져 지내기로 했다. 어느 날 아침, 그는 아들에게 "아빠 없어도 엄마 말 잘 들어"라는 진부하기 짝이 없는 신파적인 대사를 남기고는 현관문 뒤로 사라졌다.

그렇게 일주일이 가고 두 주가 흘렀다. 남편의 부재는 생각만큼 홀가분하지 않았고 나의 마음도 기대만큼 개운하지 않았다. 남편이 출장다니는 직업이 아니라서 연애 기간 포함하면 어른이 되고부터 내내 붙어살았다. 그 없이 살려니까 불편했다. 지방 취재가 잡힐 때면 더러 아쉽기도 했다. 특히 아이들이 문제였다. 아들은 말수가 줄고 풀이 죽어 지냈다. 별거라고 말하기 민망한 짧은 기간. 한 달 후 남편은 다시 귀환했다. 가라니까 갔고 오라니까 왔다. 그것이 그가 나를 사랑하는 방법이다. 자기 앞가림에 서툴지언정 언제나 내 뜻대로 살게 한다.

결혼도 이혼도 인연을 쓰는 한 방편일 뿐이다. 플라톤의 말대로 무엇이든 그 자체 단독으로 아름답거나 추하지는 않다. 그것을 아름답게 만드는 것은 실천의 미이고, 그것을 추하게 만드는 것은 실천의 비열함이다. 이혼도 그런 것 같다. 비열한 이혼도 아름다운 이혼도 있다. 그러니 권장할 일도 배척할 일도 아니다. 삶 전체를 위한 합리적인 골격을 짜는 하나의 과정으로 아픈 선택일 뿐이다. 삶의 어느 국면에서 생을 담은 물이 심하게 흔들리는 것. 단지 그것뿐이다.

> 이별은 언제나 예고 없이 온다는 것을
> 어리석은 사람은 어리석어 잊고 산다
> 어리석어 내 생을 담은 한 잔 물이
> 잠시 흔들렸을 뿐이다
> 단지 그것뿐이다
> ― 정일근의 시 〈그 후〉 부분

여자라는 '본분'

무엇이든 그 자체 단독으로 아름답거나 추하지는 않다.
그것을 아름답게 만드는 것은 실천의 미이고,
그것을 추하게 만드는 것은 실천의 비열함이다.

싸 울 때 마 다
투 명 해 진 다

그녀는 서른을 갓 넘긴 미혼 여성이다. '달려라 하니'처럼 커트 머리에 자전거 여행으로 팔도를 누비는 씩씩한 캐릭터. 하루는 저녁 찬거리를 준비하러 마트에 갔단다. 시식 코너에서 맛있게도 냠냠 먹고 있는데 직원이 그러더란다. "고객님, 남편 안주용이나 아이들 간식용으로 좋아요." 순간 당황하고 불쾌하여 "제가 먹을 건데요!"하고 퉁명스럽게 대꾸했다고. 글쓰기 수업에서 이 에피소드를 듣고는 다 같이 박장대소했다. 사실 처연한 웃음이다. 얼굴에 앳된 기색 사라지고 나면 한 여자의 개체성은 상실되고 엄마나 어머니로 호명되는 경우가 많다. 욕망의 주체가 아닌 돌봄 노동의 대명사로 불린다. 현실은 훨씬 징하고 찡했다. 주부들과 글쓰기 수업에서 그녀들의 내밀한 이야기를 들으며 나는 자주 가슴을 쓸어내렸다. 안개처럼 일상

여자라는 '본분'

에 스며 있는 여성 억압적 현실은 퍽 쓸쓸하고 암담했다. 인간이 겪는 고통의 결은 얼마나 무한하고 섬세한가. 여자로 사는 고단함을 제법 안다고 생각했던 내 자신이 어찌나 부끄럽던지…….

일종의 존재론적 질환이다. '엄마 불쌍병'이 원래도 있었는데 글쓰기 수업이 기폭제가 됐다. 행복한 이유는 비슷비슷해도 불행한 이유는 저마다 다르다는 《안나 까레니나》의 첫 문장이 떠올랐다. 같은 듯 다른 삶. 그즈음 아는 선배가 엄마를 주제로 사진전을 한다고 했다. 나는 기대보다 우려를 표명했다. 너희가 엄마를 아느냐는 오만함인지, 엄마를 부탁해가 될지 모른다는 불안함인지 뭔지 모를 복잡한 감정이 들었다. 시집, 철학서, 실용서, 번역서 등등 장르 불문 거의 모든 책 첫 장이나 머리말에는 나를 낳아주고 길러준 어머니에 대한 감사와 회한의 글귀가 적혀 있다. 통계를 낸 건 아니지만 남자 필자의 책에서 더욱 자주 본다. 부채 감정에 시달리는 아들들. 어머니에게 바친다는 클리셰. 한 줄로 요약되는 차가운 이성. 그걸 보면 마음이 안 좋다. 남자들이 대동소이한 방식으로 어머니를 불러댐에 따라 불효자 아들-희생과 헌신의 모성 관계가 영영 고착될 것만 같기에 그렇다.

갤러리 관장이랑 선배랑 같이 모여 전시할 사진을 봤다. 국내외 중장년 여성들의 주름진 얼굴과 쪼그라든 젖가슴과 갈라진 손발등, 철 지난 꽃무늬 몸뻬의 추레한 입성이 슬라이드로 넘어가며 줄줄이 시야를 스치는데, 역시나 울컥했다. 나에게는 강인한 모성 전혀 아니고 국경 초월 지지리 궁상인 건 어쩔 수 없었다. 한때는 빗방울 같은 처녀였다는 사실이 믿기지 않는 노동하는 신체가 보였다. "아마

저 백 명 넘는 여성들 중에 미혼도 있을 거예요. 나이 든 여자가 다 엄마는 아니잖아요." 꽈배기처럼 꼬이고 또 꼬인 나의 속내를 밝혔다. 그도 조심스레 터놓았다. 남자로서 시선의 한계가 있을 거라고. 하지만 대부분 한곳에 오래 머물면서 교감이나 끌림이 있을 때, 대상화의 우려를 내려놓을 수 있을 때 셔터를 눌렀다고 했다. 그럴 거다. 오랜 시간 우리 사회 그늘진 곳만 찾아다니고 자기 주머니 털어 나누는 인정 많고 따뜻한 사람이다. 며칠 후, 사진전이 열리니 와서 냉정히 평가해달라는 메일이 왔다. 답장도 사진전도 미뤘다. 내가 봐야 할 건 엄니들 사진이 아닌 '발끈의 여왕'인 나였다. 한 장의 사진으로 가부장제 전복이라도 일어나기를 바라는가. 아니다. 내가 어쩌다가 원한의 인간이 되었을까. 모른다. 혹시 다른 해석과 화해의 여지는 없는가. 글쎄다.

이 생각 저 생각으로 엎치락뒤치락하느라 달이 차고 기울었다. 몸이 개운하고 가벼워졌다. 전시 폐장 3일 전에 급습했다. 막상 얼굴 보니 더욱 미안했다. 우물쭈물 배시시 웃으면서 지각 사태를 얼버무리고 있는데 아는 분이 나타났다. 우연의 구제! 평소 존경해온 보고 싶던 막달레나 공동체 이옥정 대표, 우리들의 큰언니이다. 두 손을 덥석 잡고 인사를 나누고는 저녁 먹는 자리에 따라갔다. 큰언니는 사진전을 보고서 당신 어머니의 신산스러운 삶을 떠올렸다. "그때는 다 그랬지. 우리 아버지가 바람 피고 도박하고 어머니 때리고……. 1년에 추수할 때만 꼭 한 번 집에 왔어. 돈 가져가려고. 근데 나중에는 엄마가 너무 미운 거야. 좀 피하지 왜 맞고 있어. 아버지 늙어서는 가족들이 다 엄마 편만 들고 아버지 곁에는 아무도 안

갔지. 엄마가 미웠어. 사람이 외로운 게 제일 불쌍하잖아. 아버지가 정말 외로웠거든. 아버지 돌아가실 때 엄마가 후련해할 줄 알았는데 너무 많이 우셨어." 가만히 듣고 있던 그는 자기 얘기라며 가슴을 쳤다. "제가 시골에서 살았는데 밤중이면 이 집 저 집에서 여자들 비명이 들렸어요. 그럴 때마다 생각했죠. 아, 왜 여자의 인생은 이래야 하는가."

시골 아닌 도시라고 다를까. 마르크스가 그랬다. 자본주의는 '노동자의 과로'를 내적으로 규제할 그 어떤 선험적 원리를 갖지 않는다고. 자본주의가 개별 자본가의 선의와 악의와는 무관하게 작동한다는 것이다. 어머니의 삶도 노동자와 크게 다르지 않다. 가부장제는 '어머니의 과로'를 내적으로 규제할 어떤 선험적 원리를 갖지 않았다. 능력이든 랜덤이든 운명이든 여성 일부가 좋은 남자를 만나는 건 우연이겠으나 전체로서 여성은 가부장 질서와 규범에 이미 속해 있다는 얘기다.

다른 듯 같은 삶. 할머니와 어머니 세대에는 그 질곡이 더 심했으며, 주로 딸들이 목격자이자 피해자로서 그 원한을 간직한다. 약자에게 원한은 단 하나의 기억의 장소다. 대를 거듭해 매일 되풀이되는 어머니의 넋두리가 그의 입에서 나오다니, 뜨끔했다. 나는 사과했다. 너무 지랄해서 미안하다고. 그랬더니 선배는 그날의 대화로 전시의 방향을 잡았다며 외려 고맙다고 했다. 큰언니가 듣고 있다가 쓴소리해주는 사람이 있어야 발전한다고 거들었다. 덜 민망했다. 집요하게, 치열하게, 고민하다가 가길 얼마나 잘했는지. 소주에 맥주를 연거푸 마셔도 취하지 않은 밤이 얼마 만인지.

애 를 안 낳 아 봐 서 그 렇 다 는 말

세월호 사건이 발생하고 유가족이 동의할 만한 진상 규명이 이루어지지 않자 국정 최고 책임자인 대통령에 대한 원성과 비난이 높았다. "대통령이 애를 안 낳아봐서 그렇다"는 말까지 돌았다. 기사에 달린 댓글로만 보다가 나는 얼마 전에 직접 듣게 되었다. 하필 애를 안 낳아본 친구가 있는 자리에서 그 사실을 모르는 다른 여성이 대뜸 말했다. 박근혜가 엄마가 되어보지 못해 생때같은 아이들의 죽음에 공감하지 못하고, 그래서 세월호 문제가 미궁에 빠졌다는 것이다. 나는 조마조마했지만 모두가 무안해질까봐 어물쩍 넘어갔다.

　다시 생각해도 참 무심한 논리다. 한 사람의 지적·정서적 무능이 출산 경험의 부재에서 왔다는 발상. 다산할수록 성불한다는 말인지 뭔지 모르겠다. 그건 애 낳지 않은 여자들에 대한 집단적 모독이고,

애 낳은 여자들에 대한 편의적 망상이다.

타인에 대한 공감 능력 형성은 '출산' 유무와 상관이 없다. 남자의 성숙이 '군필' 유무와 무관한 것과 같은 이치다. 내 주변에서 세월호 문제에 꾸준히 관심을 갖고 광화문 광장에라도 한번 나가는 사람은 상당수가 비출산 여성이다. 육아 부담이 없어 저녁이나 주말에 시간이 나기 때문이고, 세월호 이전에도 세상일과 자기 삶을 분리시키지 않고 살았기 때문이다.

애 낳고 가족 이기주의에 빠지는 경우는 얼마나 많은가. 나부터도 출산 이후, 즉 육아 집중기에는 신문을 챙겨볼 시간도 행동하는 시민으로 살 기운도 없었다.

나에게 엄마로 사는 건 인격이 물오르는 경험이 아니었다. 외려 내 안의 야만과 마주하는 기회였다. 태아가 물컹한 분비물과 함께 나오는 출산의 아수라장을 경험하는 것부터 그랬다. 그 생명체가 제 앞가림할 때까지 나는 혼자 있을 권리, 차분히 먹을 권리, 푹 잘 권리, 느리게 걸을 권리 같은 기본권을 몽땅 빼앗겼다. 그런 전면적이고 장기적인 실존의 침해를 감내하다 보면 피폐해진다. 성격 삐뚤어지고 교양 허물어진다. 육아의 보람과 기쁨을 위안으로 삼기엔 그것과 맞바꿀 대가가 너무 크고 길다. 그 사실을 경험하기 전에는 모른다.

귀뚜라미나 여치 같은 큰 울음 사이에는
너무 작아 들리지 않는 소리도 있다
그 풀벌레들의 작은 귀를 생각한다

내 귀에는 들리지 않는 소리들이 드나드는

까맣고 좁은 통로들을 생각한다

그 통로의 끝에 두근거리며 매달린 여린 마음을 생각한다.

- 김기택의 시 〈풀벌레들의 작은 귀를 생각함〉 부분

인간적 성숙은 낯선 대상을 받아들이는 과정에서 혼란과 갈등을 겪으며 자기와 세상에 대한 이해가 깊어질 때 일어나는 것이다. 엄마라는 생태적 지위는 성숙에 이르는 여러 기회 가운데 하나일 뿐, 저절로 성불하는 코스가 아니다. 그나마 출산과 육아로 인한 고통의 자산화가 가능하려면 어느 정도 문화적 자원이 있어야 한다. 애 키우고 먹고사느라 하루하루 허덕이는 여성은 그럴 겨를조차 없다.

요즘은 소신 있게 출산을 거부하는 이들도 많다. 불임 여성도 느는 추세다. 그래서 애 낳은 여자, 애 안 (못) 낳는 여자의 일상의 구체적 고통을 외면한 '모성의 이상화'는 참 나쁜 관념이다. 논리적으로도 맞지 않고 윤리적으로도 옳지 않다.

박 대통령이 세월호 사건을 해결하지 못하는 것은 애를 안 낳아봐서가 아니라 해결하지 않아도 권력을 유지하는 데 지장이 없기 때문이다. 그리고 그 권력을 떠받치는 것은 온갖 나쁜 관념에 휩싸여 주변의 여린 소리를 듣지 못하고 살아가는 우리 주변 사람들이다.

여자라는 '본분'

여 자 들 의

저녁식사

모처럼의 불금. 친구 넷이 만나 밥과 술을 먹었다. 밤 9시가 넘자 엄마 언제 오냐는 전화가 번갈아 걸려오는 애 있는 여자들이다. 우리는 무더위를 어떻게 났는지 여름 안부를 주고받았다. A는 반바지 일화를 꺼냈다. 하루는 너무 더워 사무실에 반바지를 입고 나갔는데 타 부서 선배가 지나가며 한마디 하더란다. "그렇게 짧게 입고 다니면 남편이 싫어하지 않아?" A는 이혼하고 혼자 아이들을 키운다. 저간의 사정을 모르는 이라서 대충 웃고 넘기려다 그냥 말했다고 한다. "저 남편 없는데요?"

B가 바통을 이어받았다. 절 사진을 찍는 취미가 있는 B는 지난 주말에도 태백의 한 절로 떠났다. 옆방에는 육십 대 중년부부가 묵었고 오며가며 마주쳐 눈인사를 나누게 되었는데 부인이 슬그머니

다가와서 묻더란다. "이렇게 혼자 다니면 남편이 싫어하지 않아요?"
B는 남편이 절에 가는 걸 좋아하지 않아서 각자 주말을 보낸다고
말했다고 한다.

익숙한 질문이다. 나는 결혼하고도 가끔 록 페스티벌을 다녔는데
그때마다 이웃집 언니들은 음악이나 공연에 관심을 갖기보다 남편
의 태도에 감탄해 묻곤 했다. "그런 데 다니면 남편이 안 싫어해?"

말은 웬만해선 사라지지 않는다. 남편의 입장을 내면화한 말들,
결혼한 여자의 행실을 제약하는 발언이 여전히 아무 때나 아무렇지
않게 통용된다는 사실에 나는 놀랐다. 그러자 C가 질문하는 여성들
을 변호했다. 아마도 그들이 그렇게 살아보지 못해서 그럴 거라고,
자기도 스스로 가둔 여자의 굴레에서 벗어나기까지 오랜 시간이 걸
렸다고 했다. C는 아내의 삶과 자기의 삶의 절충에 피로감을 느껴
남편과 별거 중이다.

나 D의 기억. 15년 전 안동 하회마을에 놀러갔다가 배낭을 메고
조리를 신은 외국인 할머니와 마주쳤다. 계 모임, 단체 관광, 가족 여
행도 아닌 노년 여성의 나 홀로 여행이라니. 영화에서나 보는 장면
이 현실에서도 가능하다는 게 마냥 신기했다. 걱정도 됐다. 이렇게
만리타국까지 혼자 다녀도 정말 괜찮은지, 아마 영어만 능통했으면
다가가서 말을 걸었을지도 모른다. 지금 생각하면 이렇게 다니면 남
편이 싫어하지 않느냐와 크게 맥락이 다르지 않았을 뜬금없는 질문
에 파란 눈의 할머니는 뭐라고 답했을까.

모든 물음은 질문자의 입장과 욕망을 내포하는 법이다. 나의 물
음은 그간 얼마나 진화했는가. 남편의 시선만 간신히 모면한 듯하

다. 자기 욕망을 일인칭 시점에서 구사할 수 있는 언어는 여전히 모자라다. 착한 여자는 천당에 가지만 나쁜 여자는 어디든 간다는 말대로, 일상의 금기는 넘나들지만 몸에 그은 선은 제자리다. 올여름 '그래도 될까'를 되묻고 검열하다가 점잖지 못한 핫팬츠 두 개는 버렸고, 머리는 기장만 짧게 손질했다. 내 인생의 두발 자율화가 시행된 지가 언제인데 머리 모양은 중고등학생 때 그대로. 단발에서 어깨까지 길이를 무료하게 오간다. 꼭 한 번 빨간 머리를 원했지만 어느새 흰머리가 정수리부터 증식하는 나이가 되어버렸다.

명동성당 첨탑이 보이는 2층 술집에서, 그날 우리는 늙기 전에 오프숄더 드레스 입고 송년 파티를 열어볼까 호기롭게 떠들었다. 술단지가 비는 동안 '남들이 뭐라든 입는' 장단지가 드러나는 반바지에서 '우리가 입어보고 싶은' 어깨가 내보이는 드레스로 논의가 진척됐다. 이게 어딘가. 자못 대견하다. 저무는 여름밤, 여자들은 매미처럼 시끌벅적 '생의 언어'를 배양했다. 오규원 시인의 시구처럼 "욕망의 성기이며 육체의 현실인 말"을.

자기 욕망을
일인칭 시점에서 구사할 수 있는 언어는
여전히 모자라다.
착한 여자는 천당에 가지만
나쁜 여자는 어디든 간다.

딸   이   니   까

지난 설에 친정에 들러서 저녁을 준비했다. 나는 싱크대에 붙어서 쌀을 씻고 전을 부쳤고 아버지는 거실에 놓인 상을 정리했다. 평소 네모난 교자상에 신문이며 우편물, 성경책을 쌓아놓는 아버지는 우리 식구가 오면 거기서 밥을 먹기 위해 상을 치운다. 그날도 주섬주섬 물건을 내려놓더니 당신 손녀를 불렀다. "행주 갖다가 상 닦아라." 우린 그 상에 둘러앉아 다같이 밥을 먹었다. 식사 후 그릇들과 물컵, 남은 반찬을 남편이 나르고 상을 치우는데 아버지는 또 손녀에게 물 가져와라, 컵 가져오라며 이것저것 시켰다. 부엌에서 일하는 나는 그 말이 점점 귀에 걸렸다. '왜 자꾸 딸아이를 시키지' 혼잣말로 구시렁거리며 참고 있는데, 아버지의 목소리가 또 들려왔다. "○○야, 행주로 상 닦아라." "아니, 왜 자꾸 어린 애를 시키세요? 큰

여자라는 '본분'

애도 있는데."

기어이 말을 뱉었다. 아니, 나도 모르게 튀어나왔다. 아버지는 놀랐는지 "뭐?" 하시더니 더듬더듬 말했다. "여자니까." 나는 말문이 막혔다. 다시 숨을 가다듬고 말문을 열었다. "여자면 해야 돼요? 나이도 어린 애를." 분위기가 심상치 않다는 걸 느꼈는지 아들내미가 나와서 그릇을 치우고 거드는 시늉을 했다. 아버지는 "그래. 너네는 남녀가 평등하구나" 했고 상황은 멋쩍게 종료됐다.

친정엄마가 돌아가시고 명절이면 자동으로 우울하다. 엄마의 빈자리도 크고, 엄마의 빈자리를 딸인 나 혼자 몸으로 메워야 하는 현실도 서글프다. 시댁에서 앞치마 풀자마자 친정에 가서 식구들 밥을 차리는 게 고되다. 자주 찾아뵙는 것도 아니고 아버지와 고작 밥한 끼 먹는 일인데도 마음이 부담스럽다. 나, 어리광 부리고 싶은가⋯⋯. 엄마가 전업주부였기 때문에 난 결혼 전엔 집안일을 하지않았다. 또 일찍 결혼한 편이라 친정에 가면 엄마가 딸인 내 손에 물한 방울 못 묻히게 했다. 그 엄마가 안 계시고 나니 다 내 차지다. 친정에서의 가사 노동은 아직도 어색하다.

그런데 나도 부족해서 딸의 딸에게, 겨우 중학생인 아이에게까지 부엌일의 부담이 지워지는 게 속상했다. 큰아이는 스무 살. 그 애가만약 아들이 아니고 딸이었으면 명절의 가사 노동은 큰아이 몫이었을 것이다. 아버지 말대로 여자니까.

아버지에게 이렇게 내 의견을 직접적으로 말한 건 처음이다. 한동안 마음이 복잡하고 불편했다. 옳은 말을 다다다 해대고 나니 늙은 아버지가 불쌍하다. 텔레비전을 보는 어깨도 더 굽어보인다. 어른에게라도 할 말은 하고 상황을 불편하게 만드는 일이, 나는 아직 익숙하지 않은 것이다. 나 하나 참고 조용해지자는 평화주의자였는데 딸아이에게까지 성 역할이 부과되는 것은 참기 힘들었다. 그건 어쩌면 딸아이가 아닌 어린 여자, 어린 나에 대한 연민이자 옹호였을지 모르겠다. 딸이니까 참았는데 딸이니까 말해야겠다. 지금부터라도. 조금씩이라도.

집으로 돌아오는 차 안에서 아이들에게 물었다. "엄마가 할아버지한테 너무한 건가? 여자니까 가사일 해야 한다는 말, 어떻게 생각해?" 운전대를 잡은 남편은 말이 없고 딸은 가만히 있는 사이, 아들이 먼저 "그러면 안 되죠" 한다. 나는 남녀가 평등한 걸 바라고 한 사람이 소외된 노동을 하는 것에 대해 무심한 가족이 아니었음 좋겠다고 부연했다. 아빠는 운전 오래 해서 피곤하고 엄마 혼자 부엌에서 일하니까 다음부턴 네가 솔선해서 도우라고 아들에게 말했더니 그러겠다며 고개를 끄덕인다.

김 제 동 의
말

"너희들보다 훨씬 더 상위에 있는 종족들이에요."
"남자들은 앞으로 살면서 무조건 여자 말을 듣는다 생각하면 중간
은 가요."
"여자들이 불쌍한 남자 좀 잘 보살펴줘요."
"남자는 사람이 아니고 그냥 개라고 생각하면 싸울 일이 전혀 없습
니다."

　　이것은 누구의 말일까. 인터넷에 떠도는 방송인 김제동의 강연
동영상 자막이다. 영상 속 김제동은 '연애할 때 싸우지 않는 법'을
특유의 입담으로 설파하고 객석을 채운 선남선녀 커플들은 물개 박
수를 치면서 박장대소다. 화기애애한 강연장 분위기를 보는 나는,

웃자고 하는 말에 땅이 꺼져라 한숨 쉰다.

　김제동의 말은 여성을 치켜세우고 남자를 비하하는 듯하지만 아니다. 한 사람을 보살피는 것은 한 우주를 헤아리는 일이다. 친밀성 능력, 정서적·육체적 노동이 다 투여된다. 두 사람의 관계를 유지하기 위한 노력을 왜 한쪽이 도맡아야 하는지 모르겠다. 가족도 학교도 못한 '사람 만들기'를 한 개인이 할 수 있을까. 왜 스스로 사람이 되라고 말하지 않고 관계에의 무임승차를 권유할까.

　사실 김제동의 말은 새삼스럽지 않다. 최진실을 세상에 알린 "남자는 여자하기 나름이에요"라는 유명한 광고 대사는 며느리가 잘 들어와야 집안이 잘 된다는 시어머니의 말과 일맥상통한다. 남자 보살피는 것도 부족해서 집안 부흥의 책무, 일명 효도 대행까지 여자에게 부과하는 게 일반적인 가부장제 관습이고 정서다.

"당신 좀 쉬어. 내가 할게."
"당신 수고 했어. 잘 먹을게."
"당신은 엄마로서 교사로서 참 열심히 사네."
"당신 그런 것도 할 줄 아나. 대단하네."

　이것은 누구의 말일까. 얼마 전 교사들 공부 모임에서 어느 교사가 쓴 글이다. 살면서 남편에게 가장 듣고 싶은 말이라며 일일이 나열했다. 저게 뭐라고 처량하게 감정이입하는 여성들이 나까지 포함해 많을 것이다. 결혼 후, 아무 의심 없이 돌봄 노동·가사 노동을 자처하고 헌신했다. 가족에 대한 사랑의 표현이자 아내이자 엄마로서

임무 수행이라고 여겼다. 문득 회의가 밀려온다. 왜 맨날 나야? 20년 돌봄 노동을 그녀는 멈췄고 남편은 관계 개선을 위한 노력을 하지 않았다고 했다. 여성학자 정희진이 말했듯이 "전통적으로 성과 사랑의 주체는 남성이지만, 그 관계를 유지하기 위한 노동은 여성이 담당한다. 여성이 노동을 그만두는 순간 대부분의 관계도 끝난다."

그날 모임에서 나는 김제동의 말을 들려줬다. 개념 있는 연예인의 말이니까, 남자는 애 아니면 개라는 말은 익숙하니까, 처음엔 다들 맞다며 동조한다. 그러나 한번 '왜?' 하고 의심하고 토론하기 시작하면 각성이 일어난다. 남자는 여자하기 나름이라던데 내가 좀 더 현명하게 남자를 이끌었으면 평등한 부부 관계가 되지 않았을까 자책하는 자기 모습을 발견한다.

그렇게 알아간다. 사회 문제에 개입하고 약자 편에서 발언하는 미더운 방송인도, 좋은 삶을 위해 공부하는 여성 자신들도 가부장제 언어를 내면화하고 산다는 사실을. 내면화는 일상화라는 것을.

외부 강연을 나가면 꼭 나오는 질문이 있다. "감정을 잘 느끼지 못하는데 감응력을 키우려면 어떻게 해야 하나요?" 느낌의 불모 상태, 친밀성의 무능력을 호소하는 이들은 예외 없이 남자 사람이다. 그런 질문이 반갑다. 무조건 남자를 보살피며 살지 않겠다는 여자들이 나타나고 있듯, 무조건 여자 말만 듣고 살아도 되던 남자들이 사라지는 것 같아서다.

"여성이 상위 종족"이라는 표현은 권력의 말이다. 노동자를 산업의 역군이라 명명하고 착취하는 것과 같은 이치다. 한쪽의 수고로 한쪽이 안락을 누리지 않아야 좋은 관계다.

　모든 사건과 사물의 질서를 정의하고 정리하고 판단하고 명령하는 마이크 권력이 줄어들고, 왜 맨날 나인가 회의하는 물음, 화장실 좀 맘 편히 가자는 일상의 억압을 증언하는 목소리가 흘러넘치길 바란다. 그럴 때만 남성의 조화로운 인격 형성을 방해하고 여성의 평화로운 일상 활동을 가로막는 가부장제 언어는 무력해질 것이다.

한쪽의 수고로

한쪽이 안락을 누리지 않아야

좋은 관계다.

본분과

전혜린

'본분'이라는 말, 이 쿰쿰한 냄새 피우는 단어의 옷을 공교롭게도 여자 아이돌이 입고 나타났다. 설 연휴에 한 공중파 방송에서 〈본분 금메달〉이라는 프로그램이 방영됐고 제목 그대로 누가 더 여자 아이돌의 본분에 맞는가를 겨루었다. 가령 모형 바퀴벌레를 던져놓고 얼마나 예쁘게 놀라는지, 철봉에 거꾸로 매달려도 표정이 일그러지지 않는지, 프로필상 몸무게와 실제 몸무게가 얼마나 일치하는지 등의 테스트를 거친 후 총점을 매겨 무슨 올림픽처럼 금메달을 수여했다. 방영 후 '아이돌 괴롭히기'라는 논란이 일고 눈살을 찌푸리게 했다는 시청자들의 비난이 쏟아졌다.

그럴 만했다. 본분本分. 본래의 직분에 따른 책임이나 의무를 뜻한다. 이 행실 바른 말에 숨은 폭력성을 저 프로그램은 여실히 드러냈다. 학생의 본분 하면 공부, 여자의 본분 하면 조신하게 살림하고 애 키우기를 떠올리는 건 나뿐인가? 대개 본분이란 약자의 동의 없이 정해진 의무이고 그 본분은 약자의 생사여탈권을 쥔 자가 정한다. 아이돌의 본분 역시 방송 권력이 급조했다. 이 프로그램을 만든 피디는 프로그램 제목인 아이돌의 '본분'이 무엇이라고 생각하느냐는 기자의 질문에 "언제 어디서나 최선을 다하는 모습이라고 생각한다"고 답했다.

남의 삶의 의무를 내가 정한다는 발상 자체는 얼마나 위험한가. 이 가학의 놀이가 공공연히 공중파 프로그램으로 제작 유통되는 시스템이 나는 끔찍하다.

사람 사이 위계를 전제한 '본분'이라는 봉건적 언어와 '금메달'이라는 경쟁 지상주의를 접목해 프로그램 제목을 짓는 천박함이, 갑작스러운 상황에도 이미지 관리가 가능할지 바로 확인 들어간다는 자막을 넣는 오만함이, 어떤 상황에서도 웃어야 하는 아이돌의 숙명을 보여주겠다는 제작진의 인권 감수성 수준이, 시청률을 높이기 위해서라면 언제 어디서나 최선을 다하는 그 성실한 책임 의식이 무섭다. 이렇듯 개인의 존엄을 간단히 몰수하는 나쁜 관념을 만드는 건 너무도 평범하게 굴러가는 저마다의 일상이다.

본분은 질 나쁜 꿈처럼 여자의 삶에서 떨쳐지지 않는다. 아이돌뿐이랴. 저 방송 제작진의 간파대로 본분의 명령이 어떤 상황에서도 언제 어디서나 일상에 불쾌하게 끼어드는 걸 나도 경험한다. 심지어 아이가 수능 시험을 보는 해, 글쓰기 수업에서 1박2일 엠티를 갔는데 고3 엄마가 모의고사 보는 날 엠티를 가느냐는 둥 고3 엄마의 본분을 강요당하기도 했다. 학생의 본분은 졸업이 있어도 여자의 본분은 졸업이 없다. 고3 엄마가 가야 할 장소란 입시설명회나 절, 성당, 교회 같은 기도처라는 듯 사람들이 생각하는 이유는 아마 수능 시즌 언론 보도의 영향이 클 것이다. 매체의 이미지는 그렇게 대중의 무의식이 된다.

〈본분 금메달〉이 열렸던 설 연휴에 차례를 지낸 후 나는 제주도로 떠났다. 기름 냄새에 찌든 메스꺼운 기분에서 벗어나 옥빛 바다의 찬 공기를 쐬며 맑은 정신으로 명절을 보냈다. 결혼 후 처음 누리는 호사다. 며느리, 딸, 엄마, 아내의 본분을 벗어나 존재의 오롯함을 즐겼다. 바닷가 마을 작은 서점에 들렀다가 스무 살의 나로 돌아가 전혜린의 에세이 《목마른 계절》을 집어들었고, 그 책에서 "여성의 가장 본질적인 약점으로 나는 생 전반에 대한 비본연적 태도를 들고 싶다"는 문장에 아프게 밑줄을 그었다.

비본연적 태도로 살아가길 강요받는 이 땅의 모든 〈본분 금메달〉의 출전자들에게 보내는 편지처럼, 전혜린은 이렇게 글을 매듭짓는다. "남녀를 막론하고 인간이라는 무서운 조건하에 놓인 우리가 해야 할 일은 근본적인 생 감정에 지배된 생활이어야 한다"고.

남녀를 막론하고 인간이라는 무서운 조건하에 놓인
우리가 해야 할 일은 근본적인 생 감정에 지배된
생활이어야 한다.

때로 엄마로 산다는 것은

방학이 되면 애들이 악마로 보이기 시작한다. 끼니때마다 고개 쳐들고 웃으면서 나타나는 뿔 달린 악마. 복면한 밥도둑. 한여름 폭염에는 정신이 혼미해서 힘듦을 표현할 수조차 없었다. 힘들 때 힘들다고 말하고, 힘들게 하는 사람을 미워하는 데도 최소한의 에너지가 필요한가보다. 며칠 전, 외출했다가 오후 5시 30분쯤 귀가했다. 아들은 학원에서 친구랑 저녁 먹는다고 했던 참이다. 집에 가면 좀 쉬었다가 7시쯤 딸이랑 대충 저녁을 먹으려고 했다. 근데 집에 갔더니 아들이 어슬렁어슬렁 방에서 나오더니 약속이 취소됐다며 말한다. "엄마, 저 6시까지 학원 가요." 그 말을 듣자마자 나는 거의 본능적으로 부엌으로 종종종 오리처럼 걸어가서 가방은 싱크대 앞에 던져두고 후다닥 밥솥을 열어 찬밥 남은 거에 안도하며 남은 된장찌개랑

냉장고 뒤져 당근 다져 넣고 계란말이를 해서 빛의 속도로 저녁을 대령했다. 그러고 나니 왜 그렇게 화가 나는지. 나의 행동이 왜 그렇게 한심스러운지. 아들은 또 왜 그렇게 얄밉고 얄미운지. 밥때가 됐으면 지가 알아서 밥을 차려 먹을 일이지 내가 오기를 기다렸나? 내가 조금만 늦게 왔으면 굶으려고 한 건가? 아니면 밥 차려 먹으러 나오는 길인데 때마침 엄마를 보니까 그냥 말한 건가? 아들의 의도야 어쨌든 괘씸해 죽겠는 거다. 만약 아들한테 엄마 피곤하니까 네가 대충 차려 먹으라고 말했으면 충분히 그랬을 텐데, 괜히 내가 알아서 해줘놓고 뒷북이다. 자식들 밥에 목숨 걸고 자동으로 기능하는 내가 한심한데, 그런 나를 미워할 수는 없으니까 원망의 화살을 아들한테 돌리고는, 이 시추에이션이, 고작 먹고 싸는 일에 에너지를 다 쏟아부어야 하는 삶이 분해서 씩씩거렸다.

역할. 역할의 꽃, 엄마 역할. 역시 '역할'은 생각을 요구하지 않는다. 영혼 없이도 가능하다. 현관에 들어서면 나는 엄마가 되어 기차가 레일을 지나가듯 현관에서 부엌으로, 부엌에서 식탁으로, 식탁에서 냉장고로 자동 왕복하는 거다. 사고하지 않아도 그냥 습관대로 하던 대로 막힘없이 수행한다. 이런 걸 무슨 숭고한 모성이라고 말하겠는가. 자기 손에 물 묻히기 싫은 사람들이 지어낸 말일 뿐. 누추하고 번거로운 집안일이다. 내가 엄마라는 사실이 싫은 건 아니다. 엄마 역할로 주어지는 과다한 몫들이 싫다. 엄마 역할을 하는 동안은 내가 나 같지 않다. 그냥 밥순이, 그냥 아줌마다.

지난주에는 특별히 휴가 계획도 없고 해서 남편이랑 딸아이랑 캐리비언 베이를 갔다. 아들은 안 간다고 해서 떼어놓고 셋이 갔다. 삼성 왕국에 들어가는 게 영판 못마땅하고 티켓 값은 또 얼마나 비싼지 한숨이 푹푹 나왔지만, 그래도 딸을 위한 외출인 만큼 입을 꾹 다물고 가족 나들이에 참여했다. 볕이 너무 뜨거워 앞머리를 뒤로 넘기고 선캡을 대충 눌러썼다. 수영복을 입었지만 늘어난 뱃살이 민망해서 전신 거울은 들여다보지 않았다. 그렇게 하루 종일 물놀이를 하고는 씻으려고 탈의실을 들어가는 길에 언뜻 거울을 보았는데 완전 깜짝 놀랐다. 앞머리는 파뿌리처럼 지저분하게 헝클어지고 팔뚝과 목덜미는 벌겋게 익은 불타는 고구마 같은 웬 심난한 여자가 나를 쳐다보는 거다. 저게 나인가? 인정할 수 없었다. 고개를 저었다. 혹여 따라올세라 등 돌렸다.

열쇠 번호를 확인하고 옷장을 향해 더듬더듬 발걸음을 옮기는데, 우리 옷장 앞바닥에는 늘씬한 비키니 차림의 아가씨 두 명이 앉아서 수십여 종류의 화장품을 바자회 좌판마냥 늘어놓고 손거울을 들여다보면서 아이라인을 그리고 있었다. 저 정도면 메이크업 아티스트 작업대다! 화장이 아니라 특수 분장이다. 결혼 때 신부 화장 말고는 아이라인을 그려본 적이 없는 나로서는 물놀이 와서까지 꽃단장에 여념 없는 비장미 넘치는 그녀들이 신기하고 부러웠다. 저렇게 수고와 열정을 다해 미모를 가꾸고 뭔가 설레는 사건이 발생하기를 기다리는 아가씨들이 한편 귀여웠고, 나는 저런 시기 없이 마흔이 넘어버렸다니 섭섭했다.

죽전 휴게소에 들러 저녁을 먹었다. 맞은편에 앉은 딸아이가 안 그래도 식성이 좋은데, 물놀이까지 해서 더 입맛이 꿀맛 같은지 밥

을 너무도 맛있게 쩝쩝 먹고 있었다. 그 모습을 보자니 애잔하고 또 미안했다. 아들은 벌써 커서 친구를 더 좋아하니 저 꽃수레(딸의 애칭)가 없었으면 나랑 남편이랑 심심했을 수도 있겠다 싶은 생각이 아주 잠깐 들었다. 그래서 말했다. "키우기 힘들어도 낳기를 잘했다." 그랬더니 꽃수레가 고개를 끄덕끄덕 흔들면서 손가락으로 옆자리 아빠를 가리킨다. "맞아. 특히 아빠. 엄마는 오빠라도 있지. 아빠는 친구가 나랑 텔레비전이랑 에어컨뿐이야." 자기는 아빠의 단짝친구라고 맨날 그러면서 스스로 존재의 구실과 이유를 용케도 찾는다.

아이에게는 아직 사는 일이 역할 놀이는 아닌 것 같다. 딸이다가 친구이다가 연인이다. 유연하다. 상황에 따라 순발력 있게 존재를 바꾸고 관계를 즐긴다. 어쩌면 아이에게도 존재 불안이 있어 더 그럴지도 모르겠다. 부모에게 버림받을지도 모른다는 원초적 불안. 성인이 되어 자기 한 몸 챙길 때까지는 이 세상 모든 아동들은 자기 유지를 위해 혼신의 힘을 다하겠지. 그러니 안쓰러운 어린 것에게 잘해주어야 하고 최선을 다하고 싶은데 자주 힘에 부친다. 내심 잔인해진다. 이 분열적인 자아를 바라보아야 하기에 엄마로 사는 일은 쓸쓸하고 서러웁다.

백석의 시를 읽었다. 음식 얘기, 사람 얘기, 설움 얘기가 이리도 투명하다니 반했다. 앞으로 백석도 '오빠'로 삼아야겠다고 시 세미나 친구에게 문자를 한 통 넣었다. 〈바다〉라는 시를 읽다가 청승맞게 공상에 빠져버렸다. 푸른하늘의 〈겨울바다〉가 생각나서 찾아 들었다. 버스커버스커의 〈여수 밤바다〉가 연상되어 또 그 노래를 찾아 듣고 흥얼흥얼 따라 불렀다. 정말이지 이럴 때만 좋다. 이럴 때만 사는 것 같다. 나의 영혼이 촛불처럼 환해지고 기타처럼 딩가딩가 자유롭게 춤을 춘다.

가족들이랑 캐리비언 베이 가는 거 말고, 내가 정말 가고 싶은 데는 여수 밤바다다. 혼자서 가고프다. 고속버스 터미널에서 여수행 우등고속을 끊고 떠났다가 여수에서 며칠 묵고 또, 백석이 "자다가도 바다가 보러 나가고 싶다"고 한 통영에도 가. 민박집에서 하루 종일 방 끝에서 방 끝으로 뒹굴면서 책 보고 밤이면 파도 소리 들으면서 글 쓰고. 그러면 얼마나 좋을까. 붙박이 인생 청산하고 떠돌이처럼 살면 내가 어떻게 될지 궁금하다. 사는 일이 덜 지겨울까. 역할에서 빠져나오면 나비처럼 자유로울까. 여섯 시간째 뱃속이 텅 비었다고 전화하는 딸내미에게 즉시 달려가지 않아도 되면 나의 인생이 더 고상해질까.

밥에 묶인 삶. 늘 떠남의 욕망에 시달린다. 먼 곳에 대한 그리움이 바다 되어 출렁이고 마음만은 지중지중 물가를 거닌다.

여자라는 '본분'

눈 물 속 으 로
들 어 가 봐

"내가 어떻게 너를 낳았을까. 태어나줘서 고마워." 딸아이만 보면 하루에도 몇 번씩, 고장난 벽시계에서 뻐꾸기 튀어나오듯이 수시로 나오는 말이다. 그러면 딸아이는 즉각적으로 화답한다. "괜찮아. 어차피 엄마가 낳았으니까 그렇게 고마워하지 않아도 돼." 114 안내원처럼 나긋나긋한 목소리로 매번 같은 대사가 나온다. 그걸 지켜보는 아들은 둘이서 잘한다며 질투한다. 남편은 지겹지도 않느냐, 똑같은 말을 몇 년째 하는 거냐고 퇴박 준다.

　아무리 설명해도 수컷들은 모른다. 딸아이에 대한 나의 감정은 혈육의 정이라기보다 여성 간의 자매애에 가깝다. 할머니 이전부터 대대손손 피를 타고 전해 내려온 소수자 감수성이다. 딸아이는 내가 비질을 하면 얼른 어질러진 인형과 종이들을 치워놓는다. 식탁 위에 반나절 묵혀 꼬득꼬득해진 카레 밥을 꾸역꾸역 먹고 있으면 그거 먹고 체한다고 걱정스런 눈빛으로 날 바라본다. 다림질을 하려고 다리미를 꺼내면 옷걸이에 걸린 쭈글쭈글한 셔츠를 얼른 대령한다. "엄마는 나 같은 도우미가 없었으면 아마 주름이 쉰 개쯤 늘었을 거야"라며 살인 멘트까지 곁들인다. 나한테 잘해주니까 푼수처럼 좋다가도 쓸쓸하다. 고작 여덟 살인데. 아기 때부터 엄마 젖 물고서 한 몸 되어 눈물의 방을 드나든 아이라 그런가 싶다.

열 번 잘하다가도 어느 순간 남처럼 등 돌리는 남자들. 지친 몸으로 집에 돌아와서 씻지도 못하고 이틀째 널려 있는 빨래를 걷는데도 꼼짝 않고 누워 있는 남편. 결혼 전에 아빠를 볼 때면 좀 궁금했다. 옆 사람 힘든 게 왜 안 보일까……. 나중에 알고 보니 못 본 척하는 게 아니라 아예 안 보이는 거다. 대대손손 소통 불능의 장애를 겪는 남성들. 그렇게 살아도 삶이 유지됐으므로 타인의 심정을 헤아리는 능력이 퇴화한 것이다. 무심함이 무뚝뚝함, 남자다움으로 미화된 데다가 학교나 학원에서 안 가르쳐주니까 관 뚜껑 닫힐 때까지 모른다. 모르고 편하게 살다가 죽는 남자들이 많으니까 그만큼 한평생 고생만 하다가 죽는 여자들도 많다.

지하철에서 아주머니들을 보면 마음이 짠하다. 자식 키우느라 고장 난 육신을 이끌고 빈자리를 향해 빛의 속도로 달려가는 것도 아주머니들이지만, 의자에 앉아서도 신경줄 놓지 못하고 생면부지의 사람 쿡쿡 찔러서 건너편 빈자리가 났음을 알려주는 것도 아주머니들이다. 오늘도 내 앞에 앉아 계신 아주머니가 나와 눈이 마주치자 고갯짓으로 건너편 빈자리를 가리키셨다. 힘든 사람이 선천적으로

외면이 안 되는 거다. 한때 딸이었던 사람들은 그렇다. 엄마 따라서 눈물의 방에 갇혀보았기에 안다. 나지막한 신음 소리. 그곳에서 오래 있으면 들린다. 서로서로 얼굴을 비춰보는 신통력이 생긴다. 아픔을 향해 열린 36.5도 눈물 방에서는.

내가 서른아홉 되던 해, 서울시에서 여성암 무료 검진을 받으라는 통지서가 왔다. 기한이 12월 31일까지였다. 병원 가는 일이 좋을 리 없다. 특히 산부인과. 애 낳고 병원을 한 번도 안 가봤다가 암에 걸려 돌아가신 김점선 화가를 생각했다. 또 무료 건강검진을 받지 않다가 암에 걸리면 보험 혜택이 없다는 얘기도 들린다. 8년 전 애 낳고 진료실에는 단 한 번도 들르지 않은 나는, 아직 어미의 손길이 필요한 어린 새끼를 둔 나는, 목돈 모아둔 적금 통장이 없는 나는, 아파도 돌봐줄 친정엄마가 없는 나는 여러모로 검진을 받아야 했다. 귀찮아 미루다가 12월 30일에 갔다.

병원 대기실이 미어터진다. 뒤에서 보니 노인학교 강당이다. 백발성성 할머니와 할아버지. 그 틈에 있으려니 내가 최연소 막내다. 적막이 흐르는 대기실에 또 다른 젊은 여성이 등장했다. 아버지를 모시고 온 딸이다. 삼십 대 초반 정도 됐을까. 후드티에 청바지를 입은 그녀는 간호사 지시에 따라 2층 진료실로 3층 검사실로 아버지를 수행한다. 몸놀림도 날래다. "이리 오세요, 아빠." "아빠, 여기에요." 아버지 수발 드는 싹싹하고 낭랑한 목소리가 복도 끝으로 사라지자 할머니들이 기다렸다는 듯이 웅성웅성 한마디씩 던지신다. "이래서 딸이 있어야 돼." "아들은 남이야. 장가가면 뺏기는 거라고." "아들이 무슨 소용이에요. 요즘은 딸이 최고지!"

며칠 후, 남편이 퇴근길에 우편물을 잔뜩 들고 왔다. 건강검진 결과도 있었다. 살짝 떨리는 마음으로 통보서를 펴봤다. 자궁경부암 검진 결과 통보서. 결과는 class2. 반응성 세포 변화. 6개월 후 정기검진 요합니다. "남편, 이게 뭐야? 암이라는 거야, 아니라는 거야?" "음……. 암은 아닌데 완전 정상도 아니네. 정상은 2년마다 받는데 6개월 후에 오라잖아. 근데 별거 아닌 것 같아." 둘이서 그런 얘길 무심히 주고받았다. 당장 정밀 검사가 필요한 상황이 아니니까 일단 됐다고 생각하던 중 아들이 인터넷에서 확인해보고는 "괜찮은 거래요"라고 결론을 내린다. 나는 부엌에 가서 저녁밥을 하는데, 어째 아빠만 오면 흥분하는 딸내미가 조용하다. 뭐하나 싶어 봤더니 마루 구석에 뒤돌아서서 고개를 숙인 채 검진 결과표를 뚫어지게 쳐다보고 있다. 어른도 판독 불가인 그것을 아이가 해석해보려고 애쓰는 거다. 뭉클했다. 모른 척 말을 걸었다. "꽃수레, 뭐해?" 아이가 고개를 든다. 멋쩍은 표정에 눈물을 그렁그렁 매달고 말한다. "엄마, 커피 너무 많이 마시지 마. 몸에 안 좋대." "어머, 우리 꽃수레, 엄마가 암에 걸릴까봐 걱정되니?" 말이 떨어지기가 무섭게 고개를 끄덕이더니만 흐앙 울어버린다. "엄마한테는 꽃수레밖에 없구나……."

눈물 속으로 들어가봐
거기 방이 있어

작고 작은 방

그 방에 사는 일은

조금 춥고

조금 쓸쓸하고

그리고 많이 아파

하지만 그곳에서

오래 살다 보면

방바닥에

벽에

천장에

숨겨져 있는

나지막한 속삭임 소리가 들려

아프니? 많이 아프니?

나도 아파 하지만

상처가 얼굴인 걸 모르겠니?

우리가 서로서로 비추어보는 얼굴

네가 나의 천사가

네가 너의 천사가 되게 하는 얼굴

조금 더 오래 살다보면

그 방이 무수히 겹쳐져 있다는 걸 알게 돼

늘 너의 아픔을 향해

여자라는 '본분'

지성으로 흔들리며

생겨나고 생겨나고 또 생겨나는 방

눈물 속으로 들어가 봐

거기 방이 있어

크고 큰 방

– 김정란의 시 〈눈물의 방〉

밥 안 하는 엄마

몇 년 전 한 여성 소설가를 인터뷰한 적이 있다. 서울의 한적한 동네에 아담한 정원이 있는 단층 양옥집으로 찾아갔다. 거실 책꽂이한 칸에는 무슨무슨 문학상 상패들이 나란히 놓여 있었다. 집에서어떤 하루를 보내는지 이런저런 이야기를 나누었다. 소설은 주로 밤10시부터 새벽 3~4시까지 쓴다고 했다. 그에게는 나와 비슷한 또래의 아이가 있었다. 그 당시 나는 새벽까지 글을 쓰면 아침에 일어나기가 무척 괴로웠던 터라 개인적인 질문이라며 아이 아침밥은 어떻게 해주느냐고 물었더니, 이런 답이 돌아왔다. "아침밥 안 먹는 아이로 키우면 돼요."

질문을 답변으로 들려주는 그 초연한 듯한 말에 정신이 번쩍 났다. 그리고 곧 알아차렸다. '밥'의 탈을 쓴 저 사사로운 질문이 얼마나 정치적인가를. 남자는 돈 벌고 여자는 일해도 살림한다는 이성애적 성별 분업 구도에 따른 '닫힌 질문'을 던진 것이다. 창피하고 그만큼 부러웠다. 밥을 안 하는 것보다 밥 안 하는 것을 아무렇지 않게 공표할 수 있는 그 당당함이. 비록 아침식사에 국한하지만 요리와 육아를 거부하는, 인습에 얽매이지 않는 엄마의 모습은 낯설고 기이하고 커보였다.

같은 시기에 나는 어느 남성 평론가의 평론집을 읽었는데 서문 마지막에 이런 글귀가 있었다. "어머니가 해주신 밥 먹으면서 이 글들을 썼다. 어머니가 쓰신 책이므로, 어머니께 드린다." 참으로 빤하고 오래된 각본처럼 진부했다. 어머니를 밥하는 존재로 못 박는 듯해 갑갑했다. 칠백 쪽이 넘는 두툼한 책의 현란한 문학적 수사와 이론적 분석의 글에 압도될수록 나는 어머니의 밥이 떠올랐다. 한 사람이 이 정도 지적 과업을 달성하기까지 동시간대에 이루어졌을 칠백 그릇 이상의 밥을 지은 한 사람의 '그림자 노동'이 아른거렸다.

"어머니가 해주신 밥"이라는 말은 완고하다. 어머니를 어머니로 환원하는 가부장제의 언어다. 인습을 의심하고 약자의 눈으로 세상을 보는 문학의 본령을 거스르는 말이다. 텔레비전 아침 프로그램에 나오는 중년 탤런트의 "아들 아침밥은 꼭 차려주는 며느리를 맞고 싶다" 같은 류의 발언에 가깝다. 엄마가 차려주는 밥을 먹고 자란 아이가 나중에 아내가 차려주는 밥을 당연시할 확률도 높을 테니까 말이다. 아침밥 안 먹고 자란 아이는 전문가들의 경고대로 학습력이 저하될지언정 아침에 해가 뜨듯 밥이 저절로 나오는 게 아니라는 사실은 적어도 알지 않을까 싶다. 이걸 모르는 어른이 의외로 많다.

요즘 집밥이 화제가 되는 걸 보면서 나는 오래 전 저 어머니와 밥의 삽화들이 떠올랐다. 지금 나는 아침 안 먹는 아이로 키우는 소설가 엄마보다는 밥 차려주는 어머니에 해당하는 순응적 일상을 겉으로는 살고 있다. 허나 속으로는 끼니마다 회의한다. 나에게 밥은 집밥이냐 외식이냐, 레시피가 간단하냐 복잡하냐, 맛이 있냐 없냐가 아니다. 그 밥을 대체 '누가' 차리느냐의 문제다. 최승자 시인의 시구대로 우리는 "채워져야 할 밥통을 가진 밥통적 존재"이고, 누군가 차리지 않은 그냥 밥은 이 세상에 없기 때문이다. 내가 아는 엄마들은 어디 효도관광이라도 가서야 내가 아무것도 안 했는데 매 끼니 밥이 나오는 신비를 경험한다. 그제야 맛본다. 세상에서 제일 맛있다는 '누군가가 차려주는 밥'을.

자 신 이 한 일 을 모 르 는 사 람 들

인터넷 포털 화면에 검색어를 넣었다. 신생아 쓰레기통. 며칠 전 지나치며 본, 신생아를 음식물 쓰레기통에 버린 사건의 기사를 찾기 위해서다. 스크롤을 내리니 수십 개의 단신이 뜬다. "강릉 음식물 쓰레기통서 신생아 발견… '인면수심' 부모는 누구?" 가장 자극적인 제목이다. 인면수심의 '부'는 정체불명. '모'에 관한 정보를 취합하니 이렇다.

오후 6시 40분쯤 부모와 함께 살고 있는 집 화장실에서 아이를 낳았다. 아기를 낳고 나니 키우기가 곤란하고 겁이 나 아이를 수건에 감싼 후 비닐봉지에 넣어 택시를 타고 집에서 십 킬로미터 떨어진 곳의 음식점 쓰레기통에 넣었다. 전 남자친구와 헤어진 뒤 임신 사실을 알았다. 이를 숨겨오다 혼자 출산한 뒤 미혼모로 살게 될 것을 우려해

098

여자라는 '본분'

범행했다.

내 식대로 정리하면, 그녀는 배 위로 트럭이 세 대쯤 지나가는 산통을 병원 침대가 아닌 화장실에서 견뎠다. 탯줄을 직접 잘랐다. 아기와 함께 쏟아져 나오는 피, 양수, 배설물 같은 오물을 직접 처리했다. 과다 출혈의 위험은 운 좋게 피했다. 출산 직후 뼈가 벌어져 걷기도 힘든 몸으로 기름때와 핏덩이가 묻은 아기를 수건에 싸서 택시를 탔다. 쿵쾅쿵쾅 심장이 뛴다. 이렇게 미혼모로 살 수는 없다. 임신과 출산은 '없던 일'이다. 아기를 버린다. 이 일련의 과정에서 전 남자친구, 부모, 그리고 외부 단체나 기관 등 누구에게도 임신 사실을 터놓거나 도움을 청하지 못했다. 단독범이다.

전 남자친구는 그녀의 임신 사실을 알았든 몰랐든, 성적 책임감이나 고통 감수성이 희박할 개연성이 크다. 그렇지 않다면 그녀는 절박감에 그에게 도움을 요청했을 것이다. 딸의 배가 불러오는 사실을 한집에 사는 부모는 모를 수 있다. 한국에서 가족은 인격적 관계가 아니다. 엄마, 아빠, 딸, 아들의 역할로 각자 바삐 산다. 일주일에 밥 한 끼 얼굴 보고 먹지 못하는 가족이 부지기수다. 여자아이는 어렸을 때부터 상대방의 감정과 기분을 맞춰주고 배려하도록 키워진다. 문제를 터뜨려서 해결하는 분란보다 나 하나만 참으면 유지되는 평화가 익숙하다. 그렇게 신생아 유기범이 된다.

신생아는 텔레비전 예능 프로그램에 나오는 연예인 자식들의 축소판이 아니다. 나는 갓 태어난 아기를 봤을 때의 충격을 잊지 못한다. 털 뽑힌 닭처럼 벌겋고 머리와 몸통만 크고 팔다리가 겨우 달린 모습이 기괴했다. 32주 만에 조산한 한 후배는 몸에서 꺼낸 아기가 고

깃덩이도 아니고 사람도 아닌 이상한 형체였으며 그 몸에 주렁주렁 주삿바늘이 달린 채 인큐베이터에 누워 있는 걸 보고 병원 바닥에 주 저앉아 오열했다고 한다.

출산은 성스럽지만은 않다. 아이는 모성의 힘으로 낳는 게 아니다. 제 스스로의 힘으로 뚫고 나온다. 그리고 낯선 존재의 출현은 공포와 위험으로 다가온다. 첫 아이 키우는 엄마들은 밤잠을 설치며 아기가 숨을 잘 쉬는지 코에 손가락을 대보곤 한다.

갓난아기는 신성한 생명인데 어떻게 버릴 수 있느냐는 물음은 바 뀌어야 한다. 신성함은 누구에 의해 어떤 상황에서 규정되는가. 왜 생물학적 아버지인 남자 친구나 부모에게도 말 못하고 '혼자서' 한 생명체를 쏟아내듯 낳고 치우듯 버려야만 했을까. 왜 미혼모로 살아 가는 일이 제 몸 아파 낳은 아기를 죽게 내버리는 일보다 더 공포스 럽게 되었을까. 미혼모의 학습권 보장을 위해 학교에 유아원을 두는 독일 같은 나라도 있다는데, 왜 우리 사회는 미혼모가 사회 안에 섞 여 살아가지 못하고 양육의 짐을 몽땅 떠맡아야 할까.

신생아 유기 사건은 참담하다. 당장 성인이 된 아들과 생리하는 딸을 키우는 나와 결코 멀지 않다. 성적 책임감에 무지한 기성 세대 가 낳은 자식들의 소행이다. 콘돔 사용법부터 아는 사람에 의한 강 간 시 대처법, 원치 않는 임신과 출산을 논의할 수 있는 상담 기관과 의 연락법 같은 구체적이고 실제적인 성교육이 절실하다. 하루걸러 뉴스에 오르는 신생아 유기 사건을 보지 않으려면, 우리가 '자신이 한 일을 모르는 사람'으로 살지 않으려면 말이다.

음식물 쓰레기통에서 구출된 아기는 다행스럽게도 병원 신생아실로 옮겨져 건강한 상태라는데, 미역국도 못 먹고 초유가 돌아 젖몸살을 앓고 있을 '영아 살해 미수' 혐의자 산모는 철창에서 어떤 밤을 보내고 있을까.

미친년 널뛴다는 말

여의도에서 잠실로 가기 위해 좌석버스를 탔다. 창가에 자리를 잡
고는 《한겨레》 신문을 폈다. 오후 2시의 햇살이 고흐의 노란 빛깔로
가닥가닥 쏟아져 들어왔다. 강물이 반짝이고 활자가 흔들렸다. 몸이
노곤노곤해진 나는 깜빡 잠이 들었던 모양이다. 미세한 기척에 부스
스 눈을 떴다. 정신을 차리고 보니 신문이 손에서 떨궈져 담요처럼
무릎을 덮고 있었다. 그리고 그 아래 신문과 다리의 틈에서 무언가
가 뱀처럼 스윽 빠져나가는 게 느껴졌다. 신문을 들추자 옆 사람이
황급히 자리를 떴다. 각 잡힌 감색 양복의 뒤통수를 보고서야 옆자
리에 남자가 앉아 있었음을, 내 생살 위로 미끄러지던 뱀은 그자의
손이었음을 알아챘다. 그 순간, 목덜미를 잡아채고 손모가지를 비틀
기는커녕 나는 뇌부터 발끝까지 굳어갔다. 혀도 뻣뻣하고 심장만 날

뛰었다. 성추행 대책 매뉴얼에 나오는 '침착한 대응 방법'은 무능한 말이었다. 능동적으로 살던 육체가 갑자기 수동적인 상황에 놓이니 뇌회로 체계에 교란이 일어났다. 그땐 그랬다. 분명히 겨울, 심야, 막차, 만취. 이런 스산한 상황이 아니다. 봄날, 햇살, 신문, 버스. 이런 화창한 조합에서도 수컷은 코를 킁킁. 미처 몰랐다. 치욕의 마른 침만 삼키던 스물셋 어느 토요일.

고등학교 입학식 날, 엄마는 담임을 뵙고는 선생님 잘 만나 다행이라고 안도했다. 수업 시간에 들어오는 교과 선생님들마다 좋은 담임 만난 너희 반은 복도 많다고 입을 모았다. 아이들도 담임을 따랐다. 부처 같은 인상에 목사 같은 언변에 도올 같은 박식함과 부성父性이 흐르는 엄격한 목소리는 따뜻한 카리스마로 우리를 압도했다. 졸업 후, 그가 제자들을 상습적으로 성폭행해 퇴출당했다는 소식을 들었다. 참스승의 화신과도 같았던 그의 악행보다 더 충격적인 점은 교장이 그를 끝까지 감싸고 교사 직위를 지켜주려 했다는 사실이다. 나름 전통을 자랑하는 명문고의 수장답게 덕망 높은 교장으로 칭송받던 분이다. 3차 쇼크가 계속됐다. 이런 성폭행 사건은 여학교에서 비일비재하고 그래서 벌집 쑤시는 일이 되어 여론화가 불가능하다고 했다. 이 자명한 사태를 나는 마치 유럽의 작가주의 영화를 볼 때처럼 단박에 이해하지 못했다. 황지우 시인의 시구대로 "민주, 자유, 평화, 숨결 더운 사랑 같은…… 이 늙은 낱말들 앞에 기다리기만 하는 초조한 삶"은 정작 젠더 의식에서 가장 늦되고 무뎠다. "음모 한 터럭에 세상의 음모가 숨겨져 있"음에 눈떠가던 서른 즈음.

당산역 고가 아래서 늦은 밤 하얀 분가루 바르고 담배 피는 여자

아이들. 멀리서 보면 인형 같다. 뻐끔뻐끔 연기 나는 인형. 다른 스위치를 누르면 저 입에서 멜로디가 나올 것 같다. 예쁘다. 평일 낮인데 학교는 안 다니는가. 꼰대처럼 걱정한다. 예전에는 거리의 아이들을 보면 나 혼자서 생활기록부를 작성했다. 아빠가 알콜중독이고 엄마는 가출했거나 식당에서 일하고. 밤이면 집안에서는 칼로 살 베는 전쟁이 일어난다. 도돌이표처럼 반복되는 일상에서 아이는 미치거나 뛰쳐나오거나. 언제부턴가 시나리오가 하나 더 늘었다. 아빠나 오빠에게 시달리는 꼬마 소녀들. 자기 욕망을 알기도 전에 타자의 욕망의 도구화된 육체로 긴 밤을 지나야 하고 그 몸뚱이 추슬러 긴 생을 살아야 한다. 늘 가상을 초과하는 현실.

여성 단체에서 일하는 친구가 들려준 얘기다. 어느 여성이 여름에도 긴 팔과 목까지 오는 옷을 입었는데, 어렸을 때부터 아버지가 때리고 가두고 담뱃불로 지지면서 성폭행을 해 온몸에 흉터가 남아 그렇단다. 가까스로 탈출에 성공한 그녀가 환하게 웃으며 그래도 사람만이 희망이라고 말했다는 거다. 고통이란 단어를 떠올리자 그녀가 생각났다며 토막난 글을 써왔고 그나마도 목이 메어 끝까지 읽기를 못했다.

요즘 나는 사람들과 같이 글을 쓰고 또 시를 읽다 보니 생의 내밀한 부분을 보게 된다. 시적 언어를 통해 세상에 처음 모습을 드러내는 잠재적인 것들. 찬찬히 유보 없이 응시한다. 거대한 카오스에 직면한 기분이다. "진실의 사막에 온 것을 환영하네." 영화 〈매트릭스〉에서 가상 세계를 박차고 나온 네오에게 모피어스가 건넨 말인데, 나야말로 모래알 같은 진실에 발이 뜨거워 죽겠다.

그간 나는 너무 쉽게 고통의 자산화와 운명애를 말한 건 아닐까. 고통에 대한 분석적 언어는 때로 현실의 구체적 고통을 소거시킨다. 이데올로기 이전의 삶은 이리도 난폭하고 섬뜩하다. 그러니 여자로 태어나서 미친년으로 진화한다는 말은 여자의 연대기에 관한 핵심적 진술이다. 문학평론가 신형철의 《느낌의 공동체》를 읽다가 밑줄 그었던 부분. "미친년 널뛴다는 말은 폭력적이다. 미친년을 미치게 만든 미친놈들의 존재가 생략되었기 때문이다." 새삼 궁금했다. 그 길고 오랜 세월 동안 미친놈들의 존재는 어떻게 생략이 가능했을까. 미혼모는 있어도 미혼부는 없지 않은가. 세상은 어째서 여전한가. 느닷없는 물음에 붙들린 2012년 2월 29일.

늦된 엄마는 오늘도 딸을 낳고 앳된 딸은 매일매일 학교에 간다.

줄이 돌아간다 줄 돌리는 사람 없이 저 혼자 잘도 도는 줄이 허공을 휘가르며 양배추의 빽빽한 살결을 잘도 썰어댄다 나 혼자 폴짝 줄 넘고 있었는데 두 살 먹은 내가 개똥 주워 먹다 말고 폴짝 줄 넘고 있었는데 다섯 살 먹은 내가 아빠 밥그릇에다 보리차 같은 오줌 질질 싸다 말고 폴짝 줄 넘고 있었는데 아홉 살 먹은 내가 팬티 벗긴 손모가지 꽉 물어뜯다 말고 폴짝 줄 넘고 있었는데 열세 살 먹은 내가 빨아줘 빨아주라 제 자지를 꺼내 흔드는 복순이 할아버지한테 침 퉤 뱉다 말고 폴짝 줄 넘고 있었는데 열여섯 살 먹은 내가 본드 빨고 토악질해대는 친구의 뜨끈뜨끈한 녹색 위액 교복 치마로 닦다 말고 폴짝 줄 넘고 있었는데 열아홉 살 먹은 내가 국어선생님이 두 주먹에 날려버린 금 씌운 어금니 두 대 찾다 말고 폴짝 줄 넘고 있었는데 스물두 살 먹은 내가 두 번째

애 떼러 간 동생 대신 산부인과에서 다리 벌리다 말고 폴짝 줄 넘고 있

었는데 스물네 살 먹은 내가 나를 걷어찬 애인과 그 애인의 애인과 셋

이서 나란히 엘리베이터 타 오르다 말고 폴짝 줄 넘고 있었는데 스물여

덟 살 먹은 나 혼자 폴짝 줄 넘고 있었는데 줄 돌리는 사람 없이 저 혼

자 잘도 도는 줄이 돌고 돌수록 썰면 썰수록 풍성해지는 양배추처럼 도

마 위로 넘쳐 나는 쭈글쭈글한 내 그림자들이 겹겹이 엉킨 발로 폴짝

폴짝 줄 넘어가며 입 속의 혀 쭉쭉 뽑아 길고 더 길게 줄을 잇대나간다

– 김민정의 시 〈나는야 폴짝〉

여자라는 '본분'

미친년 널뛴다는 말은 폭력적이다.

미친년을 미치게 만든 미친놈들의 존재가

생략되었기 때문이다.

여 가 부 에 서 온 우편물

여성가족부에서 우편물이 왔다. 24세 남자의 무표정한 정면 측면 얼굴과 전신사진, 주소, 범죄 사실이 담긴 고지 정보서다. 아동·청소년의 성보호에 관한 법률 시행 규칙에 따른 것으로 성범죄자가 사는 인근 지역에 보내진다고 했다. 성범죄 재발 방지 대책이라는데 그 우편물은 안도감보다 불쾌감만 키웠다. "이웃을 조심(의심)하라"는 메시지가 담긴 이런 행정 조처는 변죽만 울리는 꼴이다. 골목길에 나타난 범죄자라는 편견을 강화해 집안이나 사무실에 '상주'하는 가해자를 못 보게 한다.

　성범죄자는 낯선 남자의 얼굴을 하지 않았다. 그간 내가 만난 성폭력 피해 여성들의 가해자는 거의 친족, 직장 동료, 고용주, 교사, 친구 같은 일상을 공유하는 사람이다. 이런 경우를 예비하지 않았으니 피해를 입고도 그것이 성폭력인 줄 모르거나, 알아도 누구에게 피해 사실을 말하지 못한다. 지독히 외롭고 고통이 깊다. 한국성폭력상담소 상담 통계를 보아도 아는 사람에 의한 피해가 81퍼센트로, 그중 직장 내 고용주 및 상사에 의한 피해와 대학에서 상급자에 의한 피해가 가장 많았다고 한다(2014년 통계). 이 두렵고 불편한 진실은 아무리 말해도 들리지 않는다.

얼마 전, 유아동을 위한 성폭력 예방 교육용 인형극 대본을 의뢰받아 작업했다. 5~10세 아이들의 언어와 감각에 대해 감감해 고민이 깊었다. 성폭력 피해는 집이나 학교, 학원 등 언제 어디서나 일어난다. 가족이나 관계의 개념이 형성되기 이전 아이들에게 실제로 닥치는 현실은 험하나 교육은 착하게 수위를 조절해야 했다. 배경은 집으로, 또래 아이들을 등장인물로, 가해자는 장난이나 피해자는 폭력이라고 느끼는 사건을 축으로 이야기를 전개하고, 내 몸은 나의 것이며 남이 함부로 손대면 안 된다는 자아 인식 확립의 교훈을 주며 무난한 결론을 맺었다.

이 작업에서 내가 정작 욕심낸 메시지는 진실을 '듣는' 용기였다. 자식이 성폭력 사건을 터놓기도 힘들지만 말했을 때 엄마의 태도는 어떠할까. 부정하거나 꾸짖는다. "너가 어떻게 하고 다녔길래"라며 피해자에게 오히려 책임을 묻는다. 몇 가지 이유에서다. 엄마들도 가부장제 이데올로기를 내면화한 교육을 받았을 테고 자신의 묻어 두었던 피해 경험이 떠올랐을 수도 있다. 그 사실을 모르는 딸들은 두 번 아프다. 가까운 사람의 도움이 가장 절실한 순간 손을 내밀었을 때 뿌리치는 엄마, 나중에 가해자와 함께 엄마가 아이에게 사과

하는 장면을 극본에 넣었다. 듣는 능력이 퇴화한, 나를 비롯한 어른들 교육용으로.

나는 아직도 미안하다. 성폭력 피해 사실을 내게 터놓은 그 친구에게. 가해자가 친족이었고 아홉 살에 일어난 일이라고 했다. 나는 너무 놀라 "그랬구나……" 말끝을 흐리며 어정쩡하게 다른 얘기로 넘어갔다. 그 친구는 더 말하고 싶었을 텐데 난 듣는 법이 서툴렀다. 세월이 흐르고 성폭력 피해 여성들을 인터뷰할 때 물었다. 피해 사실을 털어놓았을 때 상대가 무어라고 말해주면 가장 좋은지. 그들은 이렇게 답했다. "힘들었겠구나. 나한테 얘기해줘서 고마워."

진실은 말하는 데 있는 게 아니다. 듣는 데 있는 것이다. 말할 권리the right to speak와 들릴 권리the right to be heard는 영어로 같은 표현이라고 하지 않나. 그러니 집집마다 당도해야 할 것은 가해자의 신상 명세가 아닌, 피해자의 들릴 권리가 담긴 서툰 말이다.

꽃 수 레 의
명언 노트

"엄마, 나도 이제 슬슬 명언 노트를 써야겠어!"

어느 날 딸이 인형 놀이를 하다가 툭 던지듯 말한다. 느닷없이 웬 명언 노트인가 싶어 의아했는데 곧 상황을 파악했다. 한 달 전인가, 내가 아들에게 너도 이제부터 책 읽다가 좋은 구절을 모아 명언 노트를 써보라고 말한 걸 옆에서 귀담아듣고 있다가 불현듯 생각해낸 것이다. 딸은 둘째 아이 특유의 시샘과 모방이 생존의 동력이다. 내가 아들한테 학교에서 오면 수저통 좀 꺼내놓으라고 말하면 딸은 그 다음 날부터 현관에서 신발 벗자마자 수저통부터 싱크대에 올려놓는 식이다.

다 좋다. 명언 노트 결심 또한 바람직하다. 그런데 문제는 딸이 책을 거의 읽지 않는다는 것이다. 놀 때는 주로 인형 놀이를 하거나 그

여자라는 '본분'

림을 그리거나 놀이터에 나간다. 그러고도 시간이 남아야 책에 손이 가는데, 독서 취향이 그리 고급하지는 않다. 《전래동화 전집》이나 《캐릭캐릭 체인지》 《라라의 스타일기》 같은 핑크 만화류를 본다. 그걸 마르고 닳도록 섭렵하고 주인공 캐릭터를 보고 그리기도 한다. 워낙 재밌게 노니깐 특별히 제재하지 않았다. 첫애 같았으면 창작 동화, 과학 동화 같은 교양 도서로 골라서 몸소 목청 터져라 읽어주었을 텐데. 둘째는 귀찮기도 하고 모든 행동에 대해 한없이 관대해진다. 거의 부처님 수준의 사랑과 자비심이 솟는다고나 할까. 책을 봐도 예쁘고 안 봐도 예쁜데 명언 노트까지 쓴다니까 황당하면서도 신통방통 기특했다.

여덟 살 인생의 명언 노트 첫 문장은 바로 이것. "나한테는 임무가 있소." 실은 전에 뽑아둔 문장이다. 작년엔가 "나도 엄마처럼 책에다가 줄 칠래"라며 자못 의욕적인 표정으로 만화책에다 까만색 사인펜으로 자까지 대고 반듯하게 밑줄을 그어두었던 것이다. 그걸 쓰면서 딸이 물었다. "엄마, 근데 임무가 뭐야?" "응. 자기가 맡은 일을 임무라고 그래. 근데 꽃수레는 왜 그 말이 좋았어?" "그냥. 임무가 멋진 말 같아서." 말끝을 흐리며 배시시 웃는다. 비록 작은 아이라도 자기 생에 주어진 어떤 임무를 느끼는 걸까 궁금했다.

두 번째 오른 명언은 "백문이불여일견"이다. 출처는 《뚱딴지 속담여행》이고, 세 번째 명언으로 "파리고등사범학교"가 등재된 사연은 이렇다. 그날 철학자 베르그손의 《의식에 직접 주어진 것들에 관한 시론》이 배달됐다. 니체의 자유 의지를 비판한 부분을 참고하려고 구입했다. 새 책을 본 나는 어김없이 살짝 흥분했다. 책의 여기

저기를 어루만지고 쓰다듬고 들춰보고 펴보며 애정 행각에 여념 없던 중 베르그손의 생애에 관한 부분을 발견했다. 처음엔 묵독으로 한 줄씩 읽어갔다. 평소 철학자 오빠들을 애정하긴 하지만 베르그손은 더욱 특별한 존재감으로 다가왔다. 열아홉에 파리고등사범학교에 입학했고, 콜레주드프랑스 교수도 역임하고, 심지어 노벨문학상까지 받은 것이다. 난 책상에서 책을 그대로 들고 일어나 아들 방으로 직행했다. 학원 갔다 와서 피곤하다며 이불에 누워서 뒹굴고 있는 아들 옆에 나란히 엎드렸다.

"아들아, 베르그손이란 철학자가 있는데, 파리고등사범학교가 원래 고등학교 졸업하고 통상 2년은 준비해야 들어갈 정도로 입학이 어려운데 글쎄 열아홉에 입학했대. 거기 나와서 콜레주드프랑스 교수도 하고 노벨문학상까지 받았대. 너무 훌륭하지 않니? 철학과 문학의 완벽한 구현. 이건 완전히 엄마의 이상형이야!"

실은 좀 본받았으면 하는 얄팍한 마음에 한 줄 한 줄 마음 담아 읽어주었는데 점점 감동이 물결쳐 나도 모르게 책장이 술술 넘어가고 있었다. 안 그래도 잠이 쏟아지는데 엄마가 웬 듣보잡 철학자의 생애를 읊어대니, 듣는 아들 입장에선 얼마나 자장가처럼 달콤했을까. 마른침을 삼켜가며 한참 읽다가 침묵의 기류가 느껴져 책에서 시선을 떼고 옆을 보니, 역시나 아들은 너무나도 평화와 안식이 깃든 얼굴로 쿨쿨 자고 있었다.

이번에도 수혜자는 딸내미다. 내가 아들과 길게 얘기하면 왜 엄마는 오빠랑만 얘기하느냐면서 시샘을 부리는데, 그날은 아예 책 읽어주는 옆에서 피아노를 딩딩 치면서 방해 공작을 펴던 참이다. 근데 오빠가 잠들고 내가 책장을 덮자 갑자기 자기 책상으로 조르르 달려간다. "엄마, 나 그거 명언 노트에다가 쓸래. 파리고등학교." "파리고등학교가 아니라, 파리고등'사범'학교야. 고등학교가 아니고 대학교 이름이야. 근데 그걸 명언 노트에 쓴다고?" "응. 엄마가 좋은 거라고 그랬잖아." 진정 이것은 눈칫밥 8년의 탐스런 결실이었다. 어찌나 상황 판단이 민첩한지. 내가 평소 파리고등사범학교는 푸코도 다니고 사르트르도 다닌 프랑스 지적 엘리트들의 집합소인데 아들도 거기서 철학 공부하면 좋겠으나 외국인은 거의 들어갈 확률이 없다니 아쉽다고 말한 적이 몇 번 있었다. 그때 콜레주드프랑스 얘기도 같이 했는데 그건 발음이 어렵고 생소한 반면에 파리고등사범학교는 익숙한 단어의 조합이니까 자기 귀에 쏙 들어온 모양이다.

"나한테는 임무가 있소" "백문이불여일견" "파리고등사범학교" 명언 노트에 달랑 세 줄 있을 땐 진짜 웃겼다. 아무런 계통도 없고 인과성도 상호연관성도 없는 것들을 보고 있으면 절로 웃음이 났다. 그 후로 명언 노트는 꾸준히 업데이트됐다. 휴가철 즈음 라디오에서 디제이가 "여행은 떠나는 게 아니라 돌아오는 거라고 하죠"라는 오프닝 멘트를 하자 딸은 좋은 말 같다면서 복기하고 《뚱딴지 한자여행》에서 "우공이산"이 맘에 든다며 옮겨 썼다.

친정엄마의 제사를 지내고 온 날은 둘이 목욕을 하는데 내가 우울해보였는지 이런저런 말을 시켰다. "엄마 사람은 청결해야 되지?" "응." "나 이거 명언 노트에 쓸래." "그래, 써." 제사 준비로 하루 종일 동동거렸더니 좀 지치길래 난 평소와 달리 시큰둥하게 대하고는 딸을 씻겨서 먼저 내보냈다. 그랬더니 나가자마자 또 큰 소리로 말을 건다. "엄마. '사람은 그리움으로 사는 게 아니라 기쁨으로 산다' 이거 어때? 나 이거 명언 노트에 쓸까?" "응. 참 좋은 말이다. 어느 책에서 봤어?" "내가 지어냈어." "정말?" "응. 진짜야아!"

여덟 살의 창작물이라고는 믿기지 않을 만큼 훌륭한 잠언이다. 한편으론 믿기기도 했다. 원래 오랜 관찰 끝에 명문이 탄생하는 법. 촉수가 늘 엄마를 향해 있는 딸은 평소에도 나의 심리 상태 파악에 뛰어났다. 엄마 돌아가신 초기에 내가 멍하니 있으면 할머니 생각하느냐고 묻곤 했다. 매사 그런 식이다. 제법 예리하게 상황을 파악하고 본질을 꿰뚫는다. 어떻게 그렇게 엄마 마음을 잘 아느냐고 물으면 "꽃수레가 원래 효심이 지극해서 그래"요런다. 맞다. 엄마가 웃지 않으면 알아차리고 애처로워하면서 웃게 하려고 애쓰는 존재가 딸이다. 아무튼 나중에 명언 노트에 쓴 걸 보니 "기쁨" 대신 "행복"이라고 적혀 있다. "사람은 그리움이 아니라 행복으로 산다." 왜 행복이라고 썼느냐고 물었더니 답한다. "행복이랑 기쁨은 어차피 똑같아."

딸은 방학 동안 그림일기 쓰느라 시들해져서 명언 노트를 방치해 두었다. 나도 잊고 있었다. 그러던 어느 날 청소를 하다가 우연히 명언 노트를 발견했다. 뭐 업데이트 된 거 있을까 호기심에 들춰봤더니, 떡하니 한 줄 추가됐다. "신종풀루." 플루도 아니고 풀루다. 한글을 식구들 어깨 너머 '야매'로 배워서 아직도 맞춤법 체계가 혼란스럽기 그지없다. 거기다가 맥락 없이 신종플루는 왜 들어갔는지. 이건 뭐 시사용어집도 아니고 '절대적이고 상대적인 지식의 백과사전'도 아니고 중구난방이다. 명언이 추가될 때마다 명언 노트의 정체성이 갈수록 모호해지고 있었다.

그 후 명언 노트는 "귀를 위로해주는 것은 오직 하나 음악뿐이다" "따뜻한 사람이 되어야 합니다" "자식은 어려서 부모를 찾고 부모는 늙어서 자식을 찾는다" "내 곁에 좋은 친구 한 명이 있다면 그것은 희망입니다" 등 제법 유의미한 내용으로 채워지는가 싶더니만 또 다시 돌발 명언이 등재됐다. "차를 기다릴 땐 인도에서!" 이것의 출처는 가정 통신문 류의 유인물이다. 꽃수레는 학교에서 배웠다며 교통질서 지키기에 대해 나를 붙들고 열심히 설명했다. 그러더니 "선생님이 참 중요한 말이라고 했으니까 이거 명언 노트에 쓸래" 그런다. 수첩을 꺼내어 쓱쓱 적었다. 그런데 다 쓰고 나니, 자기도 어감이 이상했던 모양이다. 뭔가 앞의 고상한 명언들과는 좀 차원이 다르고 튄다고 여겼던 걸까. 대뜸 묻는다.

"엄마, 근데 명언이 뭐야?"

근본 물음에 봉착한 꽃수레의 명언 노트. 다음 편이 기대된다.

구닥다리 <u>모성관</u>의 소유자

딸아이 학교가 파하는 12시 40분이면 어김없이 핸드폰이 울린다. 액정에 새겨진 이름 꽃수레. 집 전화다. 며칠 전엔 현관문을 열었을 때 엄마가 없으면 너무 허전하다며 "외로우니까 사람이다"라는 제목으로 일기를 써서 나를 놀라게 한 딸내미. 이번엔 또 어떻게 마음을 달래주어야 하나 고민하다가 받는다. 짐짓 밝은 척 오버한다. "우리 딸, 집에 왔구나!" "오늘로 육 일째야. 엄마가 집에 없는 거." 풀이 다 죽은 목소리다. "어머, 정말이니? 미안미안." 나는 있는 힘껏 애교를 부리고 맛있는 걸 사가겠다는 약속과 함께 전화를 끊었다. 이 몸이 새라면 얼마나 좋을까. 딸과 나의 거리가 너무 멀다. 집으로 날아가고 싶어진다. 의외로 구닥다리 모성관의 소유자인 나는, 다른 건몰라도 아이가 집에 왔을 때 간식 챙겨주는 엄마가 되고 싶은데 못

여자라는 '본분'

지킬 때가 많아 미안하다. 가끔 내 친구들이 집에 전화했을 때 딸이 받으면 혼자 집에 있느냐고 묻는 모양이다. 그러면 딸이 의기양양한 말투로 그런단다. "저는 여섯 살 때부터 집에 혼자 있었어요!"

그래도 낮엔 나은 편이다. 아이가 가끔 밤에 혼자 있을 때가 있다. 오빠는 학원 가고 남편과 내가 동시에 일이 있을 때. 평소에는 일주일에 육 일 저녁 시간을 미리 조정해서 집에 있다. 월목토는 나의 날. 화수금은 남편의 날. 그런데 어제는 남편이 약속 있는 날인데 내가 불가피하게 저녁을 먹고 가야 하는 상황이 됐다. 딸내미에게 양해를 구했다. 컴퓨터 켜고 옷 입히기 놀이하고 EBS에서 바람돌이 보고 구몬 학습지를 해놓으면 엄마가 금방 간다고 했다. 정신줄은 목동에 대놓고 삼성동에서 저녁을 먹는데 7시가 넘으니까 딸이 전화해서 울먹인다. "엄마, 언제 와? 밖은 깜깜하고 바람 소리도 들리고 구몬은 한 장 남았는데 꽃수레 지금 너무 쓸쓸해." 해는 시든 지 오래. 아무리 천천히 숙제를 해도 안 오는 엄마. 좁은 집에 찬밥처럼 혼자 담겨 있으면 벌판처럼 휑하게 느껴질 테지.

하는 수 없다. 남편을 졸랐다. 먼저 들어가라고. 딸에게 아빠가 곧 간다고 전화했다. 그래도 무섭다고 징징댄다. "엄마 말 잘 들어봐. 무섭다고 생각하니까 무서운 거야. 그리고 너의 쓸쓸함은 30분이 지나면 끝나. 30분 후에 끝나는 고통은 고통이 아니야. 언제 끝나는 줄 몰라야 그게 진짜 쓸쓸한 거야. 알았지?" "응." 딸아이의 목소리가 밝아졌다. 희망적이라는 듯. 암튼 밥 한 끼 먹기 위한 이 모든 난리 북새통을 생중계로 지켜본 친구가 한마디 한다. "애는 거칠게 키워. 거칠게 키우는 애들이 잘 커. 너도 잘 알잖아." 나보고 너무 안절부절한다고 뭐라 그런다. 나는 아이가 밤에 혼자 있는 게 가엾다고 했다. 그랬더니 괜찮다고, 애들은 금방 까먹는다고, 어제 아홉 시간 붙어서 놀던 친구가 다음 날 전학 가도 아무렇지 않은 게 애들이라고 한다. 맞다. 동의했다. 아이들은 순간에 충실하다. 육체적 소화력만 왕성한 게 아니라 정신의 위장도 튼튼하다. 망각의 동물이다. 원한과 번뇌는 어른의 전유물이다.

첫아이 키울 때는 전화기 건너로 아이의 울음소리가 들리면 억장이 무너졌다. 그 눈물이 긴 시간의 강물로 보자면 돌멩이 하나 던져진 일에 불과하다는 사실을 깨달은 것은 한참 후다. 늘 입으로는 엄마도 엄마 인생이 있단다를 주장해왔지만 뜻대로 살기 힘들었다. 자기중심적인 엄마라는 죄의식에서 자유롭지 못했다. 고작 일곱 살 아이 혼자 두고 오랜만에 만난 친구랑 소주잔 기울이는 나를 스스로도 좀 심한 엄마로 규정하게 된다. 정말로 아이 키우는 일은 순간순간이 어려운 시험이다. 노사 협상처럼 하나 양보하고 하나 받아내는 거래를 해보기도 한다. 나의 좋음과 아이의 좋음의 접점을 찾아 '윤리적 선택'을 고민해보기도 한다. 그게 가능한지 잘 모르겠다. 그런데 한 가지는 알겠다. 아이가 다양한 상황에 놓여보는 것이 아이의 감성을 일깨우는 것 같다. 늘 살던 패턴대로 익숙하게 사는 사람은 생각할 일이 없다. 열차 시간처럼 정확히 도착하던 엄마가 늦을 수도 있음을 유년시절 윗목에서 체험한 아이는 적어도 상실감, 외로움, 쓸쓸함을 느낄 수 있지 않을까. 울다가 웃다가 하면서 감정의 결이 생기고 마음의 살이 포동포동 오르겠지.

내 가 아 프 면
당 신 도 앓 으 셨 던
엄 마

엄마의 기일이었다. 돌아가신 지 3년이 흘렀다. 긴 시간이었다. 여자에게 엄마의 죽음은 아이의 출산에 버금가는 중요한 존재 사건이다. 엄마의 죽음으로 나는 한 차례 변이를 경험했다. 세상을 감각하는 신체가 달라졌다. 삶이라는 것, 그냥 살아감 정도였는데, 엄마를 통해 죽음을 가까이서 보고 나니까 '삶'이라는 추상명사가 만져지는 느낌이었다. 삶은 이미 죽음과 배반을 안고 시작된다. 그것이 '인생 별 거 없네. 이래도 한 세상, 저래도 한 세상'의 허무주의적 세계관을 의미하지는 않는다. '죽으면 한 줌 재로 될 몸뚱이, 나를 다 쓰고 살자'는 억척스런 삶의 방식으로의 변화에 가깝다고 할 수 있다. 대한민국 엄마의 딸. 굳센 금순이가 됐다고나 할까. 이것은 존재의 깊이와 상관없는 강도다. 단단함. 억척스러움 같은 거. 생의 군살 정도.

사실 엄마의 죽음이 슬프지만은 않았다. 당시는 삶이 이미 상처 그 자체였기에 더는 상처로 다가오지 않았다. '설마 엄마의 죽음까지'가 아니다. 나를 가장 염려하던 엄마의 죽음이기에 그렇고, 상처투성이였던 엄마의 죽음이기에 그렇다. 엄마가 돌아가심으로써 엄마가 비로소 고통에서 놓여나 편히 사시는 생각을 하니 외려 마음이 평안했다. 또 엄마는 평소 새벽마다 성당에 나가서 자식에게 폐 끼치지 않고 죽게 해달라고 기도했는데 원을 풀었다. 평소 혈압이 있으셨는데 차트에 적힌 사인은 갑자기 심장이 멈췄다는 뜻의 긴 병명이었다. 그러니까 전날까지 일상적으로 생활하시다가 새벽에 쌀 씻어놓고 빨래 널어놓고 고추 말리던 거 닦아놓고 갑자기 쓰러지셨다. 정말 예고 없이. 엄마의 고정 레퍼토리대로 "해준 것도 없는 자식에게 짐이 되지 않게 험한 꼴 안 보이고" 깔끔하게 생을 마감하셨다.

엄마랑 마지막 통화는 돌아가시기 이틀 전에 했다. 앞의 내용은 기억나지 않고 마지막 부분은 생생하다. "조서방한테 잘해줘라. 착한 사람이잖니." 느닷없는 엄마의 말에 나는 발끈했다. "엄마가 걱정 안 해도 그 사람 잘 살고 기 안 죽어. 걱정 마. 그리고 뭐가 착하다는 거야? 엄마가 지금 누굴 걱정해." 기가 찼다. 바보가 따로 없었다. 아무리 사위라지만 따끔하게 야단 한 번 안 치고 싫은 소리 한마디 못 하더니 온 식구 마음 고생시킨 사람한테 뭘 잘해주라는지. 울화가 치밀었다. 특히나 아들을 위하는 마음에 불쑥 여과 없이 충동적으로 직격탄을 날리는 시어머니를 생각하면 불난 가슴에 기름이 부어지는 격이었다. 부모의 태도가 왜 이렇게 다른지. 엄마는 왜 저렇게 퍼주고도 쩔쩔 매는지. 왜 아들과 시어머니는 어떤 경우에도 늘 당당

한지.

이 세상이 온통 해명되지 않는 일들로 가득했고 그 암흑의 시간을 통과하는 건 여기저기 온몸 부딪히는 고통이었다. 나는 가족 관계에서 힘에 부치고 상처받을 때마다 엄마랑 내가, 우리 모녀가 불쌍해서 불 꺼진 방에서 베갯잇 위로 하염없이 눈물을 쏟아내곤 했다. 엄마도 싫고 엄마를 닮은 나도 싫었다. 끝도 없이 회한이 밀려왔다. 엄마는 정말 잘 돌아가셨구나. 굳이 엄마랑 나랑 세트로 궁상 떨 거 뭐 있어.

엄마는 누구보다도 열심히 살았지만 정작 당신의 삶을 사랑하지 못했다. 기존의 가치 척도인 '선악'을 넘어서지 못했다. 엄마(친구와 친척들)의 기준으로 좋은 대학 나와서 직장 생활하다가 커플링 끼고 장애인이 된 아들, 좋은 직장 다니다가 좋은 집안에 시집가서 일찌감치 목동에 서른다섯 평 집 사고 아들딸 낳고 잘 살다가 하루아침에 바퀴벌레 나오고 외풍 심한 스무 평 아파트 전세로 추락하는 딸은, 그건 다름 아닌 낙오이자 실패였다. 한평생 당신 삶의 긍지이자 자부심이었던 자식 농사가 일시에 흉작이 되어버린 것이다. 숨 돌릴 틈도 없이 연달아 닥친 쓰나미. 엄마는 그 앞에서 망연자실 휘청거렸다. 오빠가 몸이 불편한 거야 겉으로 드러나니까 어쩔 수 없었지만 엄마는 딸내미의 경제 파탄은 친척과 친구에게 알리지 않았다. 오빠가 발병 후 3년 만에 여자 친구와 헤어지자, 엄마는 오빠보다 더 충격을 받고 더 많은 밤을 눈물로 지새우셨다.

우리 사회의 신앙과도 같은 믿음―정상인과 비정상인, 부자와 빈자라는 이분법적 구도에서 엄마는 자유롭지 못했다. 비정상인이 된 아들과 빈자가 된 딸을 삶으로 수용하지 못했다. 아무리 성당에 나가 새벽마다 기도를 하고 주님을 찾아도 상황은 변하지 않았다. 원래 큰 사건이 생기면 크고 작은 사건 사고가 끊임없이 이어지기 일쑤다. 수습하다가 지치셨다. 그래도 엄마의 표정은 늘 그렇듯이 밝았지만 가슴속은 이미 여기저기 구멍이 뚫리고 허물어지고 있었다. 나는 집이 좁아도 괜찮다, 오빠도 몸이 불편하지만 자유롭게 잘 살지 않느냐, 왜 내 행복을 남들 기준으로 평가하느냐고 아무리 말해도 내 집 마련해서 가정 꾸리고 사는 자식 보는 것을 부모 임무의 완결판이라고 생각하는 엄마를 설득하기엔 논리가 부족했다.

모든 엄마들이 그럴 거다. '남들처럼 평범하게'가 이 땅의 엄마들에게는 너무 소박한 바람으로 통용된다. 하지만 자동차나 보험회사 광고에 나오는 정상 가족의 판타지를 버리지 못하는 한, 엄마의 자리에서는 늘 결핍을 느낄 수밖에 없다. 이미 한 방향으로만 사고가 굳어져버렸기에, 적극적으로 다른 삶의 유형을 기대하고 상상하면서 희망을 찾을 수가 없는 거다. 우리 엄마 역시 결핍과 우울에 겨워하다가 가느다란 희망의 끈을 놓고 몸 안에서 스위치를 내려버린 것이라고, 나는 엄마의 죽음을 이해했다.

김중식 시인의 시구대로 내가 아프면 당신도 앓으시는 어머니. 원초적 모성으로서의 엄니, 신문이 조종하는 대로 사고하고, 광고에 나오는 대로 욕망하는 엄마, 사회적 모성으로서의 엄마. 어떤 개념을 걸어도 '엄마'는 문화적 산물이고, 가부장제의 희생양이다. 더 이상 엄마들이 아프지 않은 세상을 위해, 나부터 아프지 않고 울지 않는 엄마가 되는 일이 남았다. 자식이 울까봐 미리 우는 엄마가 아니

라, 엄마가 웃어서 자식도 웃게 하는 그런 행복한 엄마들이 많아지
는 세상. 엄마가 내게 남겨주신 숙제다.

> 어머니와 나는 같은 피를 나누어 가진 것이 아니라
> 똑같은 울음소리를 가진 것 같다고 생각한 적이 있다
>
> - 김경주의 시 〈주저흔〉 부분

엄마의 죽음으로 나는 한 차례 변이를 경험했다.

세상을 감각하는 신체가 달라졌다.

삶이라는 것, 그냥 살아감 정도였는데,

엄마를 통해 죽음을 가까이서 보고 나니까

'삶'이라는 추상명사가 만져지는 느낌이었다.

삶은 이미 죽음과 배반을 안고 시작된다.

엄   마   와

수 박

커다란 수박만 보면 엄마가 생각난다. 엄마는 전형적인 옛날 엄마
였다. 알뜰과 궁상의 화신. 그래서 여름에 수박을 살 때도 만 원이 넘
으면 망설였다. 지금이야 물가가 올라서 만 원 이하 수박이 거의 없
지만 10년 전만 해도 만이천 원이면 제일 크고 좋은 수박을 살 수 있
었다. 근데 엄마는 소심해서 그걸 못 사고 꼭 칠팔천 원짜리 수박을
샀다. 대략 아기 머리 크기의 수박이다. 운이 좋으면 잘 익은 것이지
만 대부분 못난이 수박이라서 그리 당도가 높지 않았다. 내가 고작
오천 원 차이로 웬 궁상이냐고 뭐라고 하면 엄마는 "시원한 맛으로
먹는 거지"라며 끝까지 저가 수박을 고집했다. 어쨌거나 얼음 같은
수박을 주기적으로 먹어줘야 할 만큼 엄마에게 여름은 잔인한 계절
이었다. 여름에는 입맛도 없고 음식도 잘 상하고 마땅히 반찬 할 것

여자라는 '본분'

도 없고 그렇다고 세 끼가 두 끼로 줄어드는 것도 아니고 외식을 척척 했던 것도 아니니 끼니 차리기가 얼마나 고됐을지 짐작이 간다. 나만 해도 여름엔 물컵도 많이 나오고 빨래도 두세 배로 늘어난다. 온 집에 창문을 열어놓으니 먼지가 쌓여 아침저녁으로 닦아도 걸레가 새까맣다. 식구대로 샤워를 자주 하니까 목욕탕 청소도 자주 해야 한다. 매년 여름마다 가사 노동에 지쳐 비실거린다. 싱크대 앞을 슬슬 피하고 음식 매장을 어슬렁거리거나 배달 음식점에 냉큼 전화를 건다. 그런 나를 보면서 삼복더위에도 부침개를 부치느라, 콩국수에 넣을 소면을 삶느라 가스불 앞을 지켰던 엄마가 자꾸만 떠오른다.

그렇게도 여름을 힘들어하던 엄마는 결국 여름에 돌아가셨다. 궁상떤다고 엄마를 구박만 했지 무겁다는 핑계로 고가의 수박 한번 사드리지 못한 게 미안해서 제사 때는 수박을 정성껏 챙긴다. 며칠 전 엄마 기일이었다. 제사 음식을 준비하면서 이왕이면 유기농으로 사려고 매장에 전화를 했더니 다 팔렸단다. 수박 값이 이만오천 원이고 낮 2시였는데 동이 났다니. 세상의 모든 엄마가 우리 엄마처럼 미련하게 살지는 않는가보다. 그 생각을 하니 엄마가 새삼 더 불쌍했다. 친정에 가서 제사상에 놓을 조기를 굽고 산적을 익히는데 땀이 삐질삐질 흘렀다. 아빠가 에어컨을 켜면서 실외기 커버를 벗기셨다. 번거롭게 왜 씌워놓느냐고 했더니 올 들어 에어컨을 처음 튼다고 했다.

친정이나 시댁이나 10년 넘은 에어컨이 아주 새것처럼 하얗다. 엄마가 살아 계실 때도 손자랑 사위나 와야 에어컨을 켰다. "도대체 에어컨이 액자야, 보기만 하려면 뭐하러 샀어." 내가 답답해서 잔소

리하면 전기 요금이 아깝다고 하셨다. 지지난주 시댁에 갔을 때도 어머님은 "너희들 온다고 에어컨 청소했다" 하셨다. 시댁과 친정 양가 공히 자식 방문의 날이 매년 에어컨 개시하는 날이다. 그래서 여름이 속상하다. 요즘엔 생전의 우리 엄마 레퍼토리를 어머님에게도 반복적으로 듣는다. 죽는 날까지 자식에게 폐 끼치지 않고 가는 게 소원이고 그러려면 알뜰하게 살아야 한다는 말. 녹음기 틀어놓은 것처럼 토씨 하나 안 틀리고 똑같으니 엄마들의 삶에서 알뜰과 궁상은 한 세트로 상호 촉발하며 작용하는 것 같다.

왜 엄마들에게 행복은 늘 충족 유예 상태로만 존재해야 하는가. 내일을 위해 오늘을 인내하는 삶. 자식을 위해 당신은 포기하는 삶……. 워낙 가난한 시대에 태어나서 그러신 줄은 안다. 그래도 난 엄마처럼 살고 싶지 않았는데, 엄마가 호강 한번 제대로 못한 상태에서 갑자기 돌아가시는 바람에 결심이 더 확고해졌다. 나의 일신의 호강은 주체적으로 '지금 여기서' 챙겨야 한다는 것. 그 엄정한 사실 말이다.

인간은 누구나 늙고 아프고 죽는다는 차가운 명제를 상기한다. 어쩔 수 없이 내가 자식에게 의지해야 하는 날이 올지도 모르고 내가 부모님을 봉양해야 할지도 모른다. 닥치면 살겠지 한다. 미리 걱정하면서 고통을 가불하고 싶지 않다.

늙음, 그 존재의 무너짐을 삶의 과제로 의연히 받아들이고 싶다. 내가 늙은 부모를 봉양하든 내가 늙어 자식에게 의탁하든, 비참하고 비루한 생이 지겨워 눈물 바람 할 테고 태어난 걸 후회하다가도 또 어떤 날은 살 만해서 콧노래를 부르기도 하겠지. 육아가 힘들 때 아이들이 족쇄 같아 괜히 낳았다고 원망했던 것처럼 더러는 괜히 죄 없는 부모님을 탓하기도 하겠지. 하지만 나는 안다. 힘든 일 포기하고 떠난다고 자유롭지 않다. 그건 자유에 대한 환영이고 망상이다. 넘지 못할 것 같은 산도 한 걸음 내디디면서 다리 힘이 길러지고 그러면 다음 봉우리는 더 쉽게 건널 수 있다. 근육이 튼튼해지고 체력이 길러지면 삶의 어느 고비에서도 성큼성큼 문제 안으로 들어가는 궁극적인 자유를 누리게 된다. 그런데 문제를 회피하고 도망가면 걸린 데서 또 걸린다. 살아보니 그랬다. 아무런 상처도 주지 않고 좋기만 한 관계는 가짜이고, 아무런 사건도 생기지 않은 무탈한 일상이 행복은 아니었다.

> 호남선 터미널에 나가면
> 아직도 파김치 올라온다
> 고속버스 트렁크를 열 때마다
> 비닐봉지에 싼 파김치 냄새
>
> 텃밭에서 자라 우북하였지만
> 소금 몇 줌에 기죽은 파들이
> 고춧가루를 벌겋게 뒤집어쓰고
> 가끔 국물을 흘린다
>
> 호남선 터미널에 나가면
> 대처에 사는 자식들을 못 잊어

여자라는 '본분'

젓국에 절여진 뻣뻣한 파들이

파김치 되어 오늘도 올라온다

우리들 어머니 함께.

– 강형철의 시 〈사랑을 위한 각서8 ―파김치〉

근육이 튼튼해지고 체력이 길러지면
삶의 어느 고비에서도 성큼성큼 문제 안으로 들어가는
궁극적인 자유를 누리게 된다.
그런데 문제를 회피하고 도망가면
걸린 데서 또 걸린다.
살아보니 그랬다.

군인 엄마의
인생 수업

내 나이 마흔여섯. 20년 전 낳은 아이가 군인이 됐다. 아이의 입대를 앞두고는 불안감이 수시로 비집고 나왔다. 길 가다가도 울컥, 밥술을 뜨다가도 삐죽 눈물이 솟았다. 아이가 외부와 단절된 폐쇄적인 집단으로 들어가 강도 높은 훈련을 받아야 한다는 게 우려스러웠다. 가끔 기사에 오르던 군 사고가 떠오르는 건 어쩔 수 없다. 우리나라에서 1년에 이십만 명이 전역한다는데 그 아들들과 부모들이 존경스러웠다. 이 초조를 어떻게 견뎠을까.

　참으로 얄궂다. 아이가 제대할 때까지 몸만 성하기를 아무 일 없기를 바라는 마음이 왜 이렇게 큰 욕심이 되었을까. 무사하리라 믿고 보낸 수학여행에서 수백 명의 아이들이 목숨을 잃고 돌아오지 못했다. 강남역, 구의역 등 하루가 멀다 하고 청춘들이 죽어나가는 나

라. '헬조선'이라고 개탄하면서 나한테는 별일 없고 우리 아이만은 무사하기를 기도하고 있자니 스스로 염치없다는 생각이 들었다.

신병 교육대 입소하는 날, 난생 처음 군부대라는 곳을 들어갔다. 영화에서 보던 것처럼 군복 입은 젊은이들을 가득 태운 큰 트럭이 흙길을 지나다녔다. 등 뒤에서 탕탕탕 총소리가 들렸다. 고개를 돌리니 저쪽으로 사격 훈련장이 보였다. 우리 아이도 저런 걸 하겠구나. 총은 사람의 생명을 위협하는 도구인데 내 아이에게 총을 들라고 떠밀은 거구나. 그제야 실감 났다.

요즘은 군 입대 적체 현상이 심각하다. 1년은 기다려야 군에 들어갈 수 있다. 휴학을 한 아이는 군 입대가 계획대로 되지 않자 말했다. "차라리 양심적 병역거부를 할까?" 난 18개월을 감옥에서 보내는 병역거부가 '차라리' 할 수 있는 선택은 아니며 소신과 준비가 필요하다고 둘러댔다. 그리고 속으로 저울질했다. 그래도 감옥보다 군대가 낫지 않을까…….

한국에서 엄마로 사는 일은 괴롭다. 과열 경쟁을 조장하는 사교육에 반대한다면서도 아이는 수학 학원에 집어넣고,《전쟁은 여자의 얼굴을 하지 않았다》같은 책을 읽으면서도 아이는 군대에 가라고 한다. 아이가 성장할수록 타협의 기술만 늘어간다. 어쩔 수 없다고 생각하면서도 어쩔 수 없이 부끄럽다.

이 부끄러움과 두려움을 덜 방법이 있을까. 고민 끝에 아들 입대 기념으로 평화운동 시민단체 '전쟁 없는 세상'에 월 만 원씩 정기 후원을 하기로 했다. 초등학생 두 아들을 둔 지인은 세월호 이후 아이들이 살아갈 세상이 조금이라도 좋아지길 바라며 군 인권 센터에 소액 후원을 시작했다는 얘기를 전한다. 저마다 자기 자리에서 뭐라도 한다. 작은 씨앗을 뿌리고 있다.

며칠 후 집으로 말로만 듣던 국방부 소포가 도착했다. 아이가 입고 갔던 옷과 편지가 들어 있다. 한 페이지 아들내미의 친필 사연이 빼곡하다. 어버이날이나 생일 카드에도 용건만 간단히 대여섯 줄 적는 게 전부였는데, 이번엔 추신까지 달렸다. "P.S. 안 우시고 걱정 안 하신다니 마음이 훨씬 놓입니다. 실은 편지를 더 감성적으로 쓰고 싶었으나 보시다가 울까봐 굉장히 이성적으로 쓴 것입니다. 하하."

이것이 더 눈물 바람을 유발한다는 것을 아이는 아직 모르나보다. 누군가 자기 마음을 헤아려줄 때 울컥하거늘. 편지에는 팔굽혀 펴기를 일흔네 번 해서 체력 1급을 받았다고 써 있다. 난 아이 방 침대에 놓인 고양이, 오리, 토토로 인형을 쓰다듬으면서 이 섬세한 영혼이 군대에서 어찌 살까 눈물 지었다. 사람은 보고 싶은 면만 고정시켜서 본다. 엄마가 자식을 가장 잘 모른다. 이렇게 또 군인 엄마의 자리에서 인생 수업이 시작된다.

여자라는 '본분'

2부 　존재라는 '물음'

생의 시기마다 필요한 옷이 있다

나는 그것에 대해 계속 생각했다

나는 서울여자상업고등학교를 다녔다. 중학교 3학년 초에 그 학교를 알게 됐고 공부 잘해야 가는 학교이자 취업 명문이라는 말을 듣고 그냥 한번 도전해보고 싶었다. 가까스로 합격했고, 잠실에서 무악재까지 왕복 서너 시간 등하굣길을 힘든 줄도 모르고 다녔다. 난 취업에 필요한 자격증을 일찌감치 따두었고 2학년 5월에 국내 최대 증권회사로 취업이 결정됐다. 그때부터 책 보고 시 베껴 쓰고 음악 듣고 학교 건물 뒤편 우애동산에서 낙엽을 주우며 한량처럼 놀았다. 금융권에서 여직원은 여상 출신이 대부분이었는데, 여상 중에서도 서울여상 출신인 나는 어딜 가나 대접받았고 똑똑한 사람으로 인정받았다. 기죽을 일이 없었다.

　고졸의 불편을 느낀 건 결혼할 때였다. 시가에서 노골적으로 내

학력을 문제 삼았다. 2세를 생각하면 엄마 머리가 좋아야 한다면서 그래도 서울여상이니까 용납한다는 식이었다. 아이를 낳고 아이 또래의 엄마들과 교분이 생겼다. 남편이 목동지점으로 발령이 나서 이사를 갔고 그 동네 평균 학력이 높다 보니 난 또 불편을 겪었다. "자기는 몇 학번이야?" 유모차 밀다가 벤치에 앉아서 말문을 트면 그런 인사가 자연스레 오갔다. 그냥 멋쩍게 "고등학교 나왔어요"라고 대답했다. 그럼 뭔가 서로 민망했다. 속으로 내가 할 수 있는 덜 무안한 대답의 몇 가지 시뮬레이션을 돌려보았다.

'고등학교만 나왔어요.' '고졸이에요.' '대학 안 다녔어요.' '대학 안 나왔어요.' '여상 나왔어요.' '서울여상 나왔어요.' 그 어느 것도 산뜻하지 않았고 어딘가 구차한 마음이 드는 건 어쩔 수 없었다.

평범함. "그것에 대해 아무것도 경험하지 않고, 아무것도 생각하지 않아도 되는 사람"이라는 일본의 사회학자 기시 마사히코의 말대로, 나는 '그것'에 대해 계속 생각하고 있었다. 난 평범하지 않았던 것이다.

글을 쓴답시고 밥벌이를 하게 됐고 철학 공부를 하러 연구공동체에 다닐 때다. 나를 아끼는 선배가 말했다. 네가 앞으로 작가로 활동하려면 그래도 대학을 가는 게 낫지 않을까. 연구공동체에 다니며 들이는 시간과 돈, 공력이라면 대학을 시도해보라고 했다. 그건 나를 위하는 말이었지만 옳은 말은 아니었다. 사회 비판적인 의식을 갖고 사는 사람들이 비판하는 사회는 뭐지? 그때부터 유심히 지켜봤다. 지나가는 말로라도 학벌 중심 사회를 비판하는 지식인들은 거의 고학력자들이었다. 학벌 중심 사회를 비판하면서 학벌 중심 사회를 공고화했고 그 틀을 깨려는 시도는 하지 않았다. '그래도 대학은 나와야지'를 내면화했고 자기 자식을 명문대 보내려고 애썼고, 자신이 어느 대학 몇 학번인지를 자연스레 노출했고 그로 인한 실리를 살뜰히 챙겼다.

다행인지 불행인지 나는 저항할 수밖에 없었다. 학벌 세탁에 드는 자원을 마련할 수도 없었다. 몰락한 중산층이 되어 월 백만 원에 이르는 재수 학원비를 감당할 수 없었고, 생계 노동에 나서야 하기에 책상에 붙어 앉아 미적분을 풀 시간이 없었고, 두 아이 양육과 살림만으로도 생체 에너지는 고갈됐다. 그 모든 한계를 떨치고 일어날 만큼 공부에 한이 맺혀 있지도 않았다. 지금 책장에 꽂힌 책만 다 읽기에도 남은 인생이 부족할 지경이었는데 내가 왜 굳이 또 그걸. 나는 '그것'에 대해 계속 생각하고 있었다.

나는 운이 좋은 고졸 사람이었다. 비교적 문턱이 낮은 자유기고가 직업에 입문해 열일했고 전세자금도 올려줬다. 어쩌다 보니 지금은 글쓰기 관련 강의도 나간다. 학력 문제는 계속 따라다닌다. 내가 주로 강의를 나가는 곳은 시민단체다. 나랏돈을 받아 운영되다 보니 강사료 지급 기준이 박하고 엄격하다. 다른 통로로 최저 강사료를 마련해주기 위해 활동가가 애를 먹기도 한다. 작년에 모 대학 특강을 갔을 때는 강사료 지급 기준에 석박사 학력 기준은 있어도 고졸 학력 기준은 없어서 새로 만들어야 했단다.

불편해도 괜찮았다. 나의 평범하지 않음, 소수성으로 인해 겪어야 했던 여러 갈래의 경험은 내가 사회학이나 여성학, 철학을 공부하는 데 자양분이 되었다. 현실 문제에 부딪혀본 것들이 이론을 이해하는 데 도움을 주었다. 여자라서 불편한 게 많다 보니 피곤하긴 해도 '생각'하면서 살 수 있었던 것처럼, 고졸이란 신분도 그랬다. 덕분에 내가 누구이고 내가 어디 있는지 늘 되묻고 깨어 있어야 했으니까.

얼마 전에는 그것과 관련해 꽤 불쾌한 일을 겪었는데 괜찮지 않았다. 나는 잊고 살아도 세상은 잊지 않으므로 '그것'을 자주 생각해야 한다. 나는 평범하지 않은 것이다.

존재라는 '물음'

나 는 오 해 될 것 이 다

남편이 이름을 바꾸었다. 탈난 과거와 결별하고픈 의지가 컸나보다. 개명 절차가 간소화되어 30분도 채 걸리지 않았다며 낯선 이름이 적힌 주민등록등본을 보여줬다. 김해경이 이상李箱으로 탈주했던 것과 같은 심정이려니 이해해주었다.

옆 동네로 고등학교 친구가 이사를 와서 오랜만에 반 친구들이 모였다. 늦게 갔더니 서로 손톱에 금가루 바르는 네일아트를 하면서 성형수술 견적 얘기에 열중했다. 눈코 수술과 치아 교정은 기본이라며 온갖 첨단 정보를 교환했다. 금융업계 핵심 인재로 성장한 동창아무개는 대학원 졸업으로 학력 세탁을 마쳤고, 그래서 여상을 졸업한 사실을 동료들이 모른다고 했다. "과거가 불우했다고 지금 과거를 원망한다면 불우했던 과거는 영원히 너의 영역의 사생아가 되는 것이 아니냐"는 전태일의 어록이 떠올랐다. 며칠 후, 조금 다른 의미의 변신을 꿈꾸는 스물두 살 친구가 고민을 털어놓았다. 어딜 가나 서울대생 프리미엄이 붙는데 그게 불편하면서도 그걸 은근히 누리게 되더란다. 그런 삶에 젖어들까봐 겁나고, 자기를 규정하는 것이 고작 대학 이름밖에 없다는 게 말이 안 되므로 학교 간판을 어떻게 벗어버릴 것인가, 어떻게 나의 존재를 증명할 것인가, 그것을 이십 대 과제로 삼았다고 말했다.

생의 거품을 제거하는 방식이든 생의 금칠을 덧입히는 방식이든, 저마다 나답게 잘 살기 위한 몸부림이 치열하다. 학벌, 가족, 직급, 재산 등을 제외한 나머지 그 실재를 열망하거나, 이름과 얼굴을 바꾸면서 과거 청산을 도모하거나, 기민한 태도로 이익을 챙기거나, 그런다. 연예인만이 아니라 주변에서도 자기를 지우고 바꾸고 숨기고 갱신한다. 남루한 혹은 지루한 생을 리모델링하는 그 힘들이 놀랍다. 인생이라는 책에서 한 페이지만 찢어낼 수 없다고 생각했는데 잠시 헷갈린다. 어지럽고 어리둥절하다.

그들의 변신 욕망이 어떤 가치를 낳는지를 물어야 할 것이다. 자기를 억압하느냐 해방하느냐. 하나는 분명해보인다. 묵묵한 살아냄보다 무구한 조작이 우세할수록 삶은 꼬인다는 것. 이장욱 시인의 시구처럼 "나는 오해될 것"이고 "결국 나는 나를 비켜갈 것"이라는 사실이다.

삶은 명사로 고정하는 게 아니라 동사로 구성하는 지난한 과정이다. 그렇기 때문에 일생을 오해받을지라도 순간의 진실을 추구하고 주어진 과업을 수행하며 살아갈 때만 아주 미미하게 조금씩, 삶은

존재라는 '물음'

변한다.

    살면서 빼앗겨서는 안 되는 것들은 이름, 감각, 느낌, 음악, 이야기……. 나에게 존재를 위해 금가루 뿌리는 일이란 음악이 내미는 손을 잡는 것, 다정하게 이름을 불러주는 것, 느낌을 나누는 것. 그리호사 누리며 살기로 한다.

삶은 명사로 고정하는 게 아니라
동사로 구성하는 지난한 과정이다.
그렇기 때문에 일생을 오해받을지라도
순간의 진실을 추구하고
주어진 과업을 수행하며 살아갈 때만
아주 미미하게 조금씩, 삶은 변한다.

오 래 고 통 받 은
사 람 은 알 것 이 다

할 말, 못할 말, 들을 말, 못 들을 말, 찬란한 말, 쓰라린 말, 참담한 말, 간절한 말, 희미한 말, 비정한 말, 흔드는 말, 지독한 말, 다정한 말. 사는 동안 숱한 말의 숲을 통과한다. 도무지 그 말이 어려워 서성이기도 했고, 그 말에 채여서 주저앉기도 했고, 그 말이 따스해 눈물짓기도 했다. 그렇게 추억이란 말의 기억이다. 그리고 어느 시인의 말대로 모든 흔적은 상흔이다. 완전한 제거는 없다. 누렇게 곰팡이 쓴 말들과 소화되지 않은 말들을 껴안고 한평생 살아간다. 가끔 텅 빈 몸에서 말의 편린들이 덜컹거리면, 외로운 몸뚱이 안에서 들려오는 그 인기척이 반갑기까지 하다. 어느새 정이 든 게다.

　바람이 스산하게 불어오니 점쟁이의 말이 떠오른다. 역술인 혹은 무속인, 신의 대리자를 자처하는 그들로부터 여러 말을 들었다. 어른이 되고부터 내 의지와 상관없이 점 볼 기회가 많았다. 먼저 결혼을 앞두고 거의 스무 번 정도 본 것 같다. 시어머니께서 궁합이 좋지 않다고 해서 결혼을 반대하셨다. 그래도 남편이 완강히 버티자 점집 순회가 시작됐다. 이것은 인디언이 기우제를 지내는 방식과 같았다. 인디언이 기우제를 지낼 때마다 비가 오는 것은 비가 올 때까지 기우제를 지내기 때문이라는 것처럼, 시어머니는 점쟁이 입에서 좋다는 말이 나올 때까지 점집을 전전하셨다. 당시 〈추적 60분〉 등 유명한 프로그램에 출연한 용하다는 점쟁이들에게 나와 남편의 사주는 전부 들어갔다고 보면 된다.

'나'라는 동일인의 사주팔자임에도 점집마다 상이한 해석이 내려졌다. 이를 보다 못한 남편이 점쟁이의 소견을 엑셀로 도표화해서 어머니에게 제시하고 논리적 모순점을 따지기도 했다. 그 표를 나도 봤는데 기분이 묘했다. 특히 결혼 두 번 할 팔자와 명이 짧다는 점괘가 눈에 들어왔다. 결혼하면 1년 안에 헤어진다고 했다. 혼인신고에 잉크도 찍기 전에 예고된 이혼 선고도 황당했지만 일찍 죽는다는 것은 더욱 실감나지 않았다. 일찍이 몇 살일까. 서른 살? 쉰 살? 죽음은 언제나 너무 빠른 죽음만 있는 건데. 정말이지 '마흔 살까지만 살고 싶어요' 영화라도 찍고 싶었다. 뭐라도 이루고 죽어야 '요절'이 될 텐데 준비 없이 이대로 살다가 죽으면 그냥 '사망'이라고 생각하니 허탈했다.

한 차례 점집 소동을 겪고 소강상태로 몇 달을 보냈다. 어느 날 시어머니는 다른 점괘를 가져와서 결혼을 서둘렀다. 왕십리의 유명한 역술인 왈, 내가 돈복이 많다고 결혼시키라고 했다는 것이다. 우여곡절 끝에 결혼식을 올렸다. 결혼이란 중대사는 이성의 통제하에 진행되지 않는다. 결혼은 우발과 비약의 힘으로 이뤄진다. 이미 도달한 사건의 형태로 다가온다. 어쨌든 큰 돈복도 큰 불화도 없이 살았다. 한 해 두 해 지날수록 점괘의 허구성이 드러났다. 어머니는 점쟁이의 말을 점점 믿지 않게 되었다. 해마다 신수를 보러 가는 발걸음도 점차 뜸해지셨다. 정초에 점 보러 안 가시느냐고 물어보면 이렇게 답하셨다. "보면 뭐하니. 맞지도 않는데."

삶은 지속됐다. 시효가 다한 줄 알았던 10년도 넘은 점쟁이의 말. 이혼과 단명을 상기시키는 일들이 발생했다. 다 떼놓고 홀로 살고 싶은데 그럴 수가 없어서 몸부림치던 괴로운 밤이면, 온몸이 바닥을 뚫고 지하의 암흑으로 빠져드는 것 같은 무서운 밤이면 점쟁이의 말이 의식의 수면 위로 떠올랐다. 날이 밝고 달이 가고, 살림을 줄여 이사를 가고 엄마도 잃었다. 난 늙은 고아가 되어버렸다. 적어도 주변에 그렇게 보였나보다. 아는 언니가 좋은 무속인이 있다며 한번 가보라고 권해주었다. 내게 허튼 일을 시키기에는 너무 사려 깊은 선배였다. 언니는 자기가 지인의 소개로 그 점쟁이에게 난생 처음 점을 봤는데 신통하다고 했다. 복채도 형편껏 알아서 내면 되는 믿을 만한 사람이라고, 공부가 깊은 사람이니 부담 없이 인생 상담 차원에서 얘기나 듣고 오라고 했다.

점집 가는 날. 바람에 잔가지 웅성대고 태양은 따가웠다. 눈부심을 피해 땅에 고개를 떨어뜨리고 걷는데 수많은 생각이 머릿속에서 교차했다. 무슨 얘기를 한담. 소낙비를 맞고 나면 우산이 필요 없다. 나는 미련이, 욕망이 없었다. 궁금한 것도 필요한 것도 지키고 싶은 것도 없었다. "이 괴로움이 언제나 끝날까요?"라고 물어봐야 하나. 한편으로 약간 두렵기도 했다. 병원이 아닌 곳에서도 시한부 선고가 내려진다는 걸 이미 알고 있으므로. 그래서 후배를 데리고 갔다. "나 무서우니까 같이 가주라."

육교 아래 초등학교 앞에서 전화를 했더니 무속인의 제자가 나와서 우리를 구불구불한 골목길로 데려갔다. 현관에 들어서자 점집 특유의 을씨년스러운 분위기가 전신을 슬며시 죄어왔다. 원래 해석하는 자가 권력자다. 내 운명을 풀어내는 그 말씀 앞에서 나는 납작 엎드릴 수밖에 없었다. 잔뜩 위축된 목소리로 생년월일시를 말했다. 곧이어 한 달 전에 엄마가 갑자기 돌아가셨고 아는 언니가 가보라고 해서 왔다고 얼버무리는데, 순간 닭똥 같은 눈물이 후두둑 떨어졌다. 옆에 있던 후배가 내 손을 가만히 잡았다. 그 뒤로 아무 말도 할수 없었다.

그는 하얀 종이에 무언가를 계속 써 내려갔다. 두 가지 중요한 얘기를 들었다. 그중 하나가 줄초상이 난다는 것이었다. "줄초상이 뭔가요?" 숨죽이던 나는 고개를 들어 입을 뗐다. 가까운 사람이 더 돌아가신다는 얘기였다. 통상 3년 이내에 초상을 또 치르면 그게 줄초상이랬다. 그것을 막기 위해서는 굿을 하라고 했다. 굿이라니. 전혀 예상치도 못한 일이었다. 비용이 최소한 육백만 원 정도랬다. 이야기가 어떻게 마무리됐는지, 거길 어떻게 나왔는지 기억이 지워졌다. 나는 지하철 승강장 맨 끝에 앉아서 열차 몇 대를 그냥 지나쳐 보내고서야 가까스로 집에 왔다.

어차피 내게 선택권은 없었다. 육백만 원이 없었다. 난 내가 돈

이 그렇게 없는 줄 몰랐다가 그날 알았다. 갑자기 아이가 아파도 병원 갈 돈도 없겠다는 사실도 처음 알았다. 서글프고 막막했다. 저녁에 그곳을 소개시켜준 언니에게 결과를 묻는 전화가 왔다. "굿하라는데……" 언니가 깜짝 놀랐다. 장삿속으로 그런 말할 사람이 아닌데 꽤나 심각한 모양이라고 걱정했다. 이틀 후 언니가 집으로 찾아왔다.

"예전엔 굿을 하면 그거 준비한 것만으로도 칠십 가구를 먹여 살렸대. 떡이랑 과일이랑 물품이랑 여러 가지가 많이 필요하잖아. 네 식구만 해도 칠십 가구면 280명이잖니. 굿을 해서 그렇게 보시를 하면 자기의 업보를 푸는 의미도 있는 거라더라. 그 뜻을 새기는 게 중요한 것 같아."

굿의 의미를 이해하자 마음이 한결 편해졌다. 언니는 엄마 사진을 한 장 달라고 했다. 종교가 없는 언니는 우리 엄마를 위해 백일기도를 해주겠다고 했다. 평생 나와 가장 많은 대화를 나눠온 친구는 명상가인데, 신들한테도 레벨이 있음을 주지시키고 자기 사부가 더 근원 신과 대화하는데 줄초상 안 난다고 했다며 나를 안심시켰다. 아무 말도 들리지 않았지만 고마웠다.

그러나 나는 어쨌든 살아야 했다. 우박이 쏟아지든 산사태가 일어나든 밥 짓고 빨래하고 살아갈밖에 달리 방법이 없었다. 나는 삶 외부에서 초월적으로 존재하는 신이 아닌 나의 하루를 모셔야 했다. 나에게 닥친 우연에 저항하지 말고 운명을 회피하지 말고 삶의 요청을 수용하기로 했다. 적어도 280명과 따뜻한 밥 한 끼는 나누자는

존재라는 '물음'

의무를 나에게 지우고서…….

얼마나 시간이 흘렀을까. 나의 허물어진 어깨를 훑고 가던 쓸쓸한 바람이 다시 분다. 긴 강을 건넌 기분이 든다. 다행히 줄초상은 나지 않았다. 사실 '굿'이라는 풀지 못한 숙제를 안고 살아가는 3년 동안 문득 조마조마했다. 그럴 때마다 280인 분의 거룩한 식사를 생각했다. 나의 삶이 누군가에게 빚지고 있다는 사실이 뜨겁게 자각되었다. 삶을 옹호하는 본능일까. 주위에 더 눈길을 돌리고 더 아우르며 마음 다해 살 수 있었다.

내게 삶은 여전히 어렵지만 그런 난해함을 삶의 일부로 껴안고 살아간다. 또다시 내 앞에 물살 거센 긴 강이 놓일 수 있다는 것을 긍정하면서 말이다. 돌이켜 보면 그 점쟁이의 말은 충분히 불우했으되 나의 몰락과 미망彌望을 도와준 바람의 말이었다고 말하게 된 지금에서야, "과거도 얼마든지 바꿀 수 있다"고 말한 니체의 말을 내 것으로 삼는다.

생 의 시 기 마 다
필요한 옷이 있다

1년에 0.5킬로그램씩 꾸준히 자연 증가세를 보이는 몸무게에 비례해 못 입는 옷의 중량도 늘었다. 옷 아니면 살. 둘 중 하나는 버려야 한다. 옷은 쉽고 살은 어렵다. 결단의 순간에는 아무래도 만만한 쪽을 택하게 된다. 체형의 변화를 감당하지 못해 의류 정리를 단행했다. 수년간 서랍에서 잠자던 옷가지를 추렸다. 빛바랜 옷들이 무지개떡처럼 층층이 쌓였다. 그것들을 보노라니 잠시 추억이 회오리쳤다. 처음 사서 쇼핑백에 담아올 때는 금지옥엽, 입을 때는 김치국물 묻을까봐 조심조심, 보관할 때는 드라이클리닝 비닐에 고이 간직. 그래 봤자 버릴 때는 다 똑같다. 각각의 고유성과 개별성은 사라지고 일괄 폐기 처분한다. 연심의 변심. 그 요란한 과정을 묵묵히 당해야 하는 옷의 입장에서는 황당할지도 모르겠다. 멋쩍고 미안해도

존재라는 '물음'

안녕은 안녕. 아파트 앞 대형 우체통처럼 생긴 의류함 입구에 옷을 투입하니 우르르 퉁퉁 떨어진다. 짧은 울음 같기도 하다. 투명한 생물성의 울림. 인연이 멸하는 소리.

일요일, 아침 일찍 전화가 왔다. 비통한 어조. 남자 친구랑 헤어졌다고 한다. 부부보다 더 오래 살 것 같은 짝이었다. 이혼보다 더 충격으로 다가온 소식을 들은 나의 첫마디. "너 밥은 먹니?" 못 먹어서 살이 6킬로그램이나 빠졌단다. 역시 체중 감량에는 마음고생만 한 게 없다. 사람이 나간 자리만큼 몸도 비워진다.

왜 헤어졌는지 이유를 들었다. 몇 가지 사건과 신상의 변화를 언급한다. 남자의 이기심에 질렸다, 생일인데 문자도 안 온다, 어떻게 그럴 수가 있느냐는 원망과 회한의 말들을 소나기처럼 퍼부었다. 시점과 시제의 이탈, 논리의 비약이 더해진 이야기. 조금 헷갈렸다. 원래 이별한 사람은 문법에 맞게 이야기하지 않는다. 김수영 시인의 시구처럼 "삶은 계란의 껍질이 벗겨지듯 묵은 사랑이 벗겨질 때" 발생하는 왜곡과 혼란과 과잉의 정서가 바로 슬픔의 실체다. 내가 아는 그 남자친구는 진중하다. 나로서도 지금 상황이 믿기지도 이해되지도 않았지만, 일단 그 애가 남겨진 것은 사실이므로 남자들이란 자기밖에 모른다, 정말 너무하다고 맞장구쳤다.

만남의 불가피성이 있다면 헤어짐의 불가피성도 있을 거다. 살뜰한 7년 세월이다. 체형에 맞게 늘어난 청바지처럼 서로에게 잘 맞춰진 사이였다. 어제까지 입던 옷이 오늘 불편해진다는 것은, 청바지 입장에서는 이해되지 않을 것이다. 그런데 만물은 유전한다. 한 시절 편안하고 맵시있게 입었더라도 옷은 낡고 체중은 는다. 그리하여 어느 날 몸에 맞지 않는다고 느끼는 때가 온다. 아니, 정확히 말하자면 몸에 맞지 않는다는 '판단'의 시점이 온다.

연심의 변심 혹은 절심은 언제나 비약으로 다가오는 사건이지만 생물성이 살아가는 자연스러운 이치이기도 하다. 나도 그랬다. 어디든 데려다주는 날개이자 비바람을 막아주던 존재가 불편하고 갑갑해지는 순간이 어김없이 찾아왔다. 엄마가 그랬고 연인이 그랬고 친구가 그랬고 동료가 그랬다. 어떤 음악이, 어떤 책들이 그랬다. 세월이 그렇게 했다.

생의 시기마다 필요한 옷이 있고 어울리는 색과 취향이 있듯이 삶의 체형에 맞게 인연도 변해간다. 식물도감 동물도감 속 개체들처럼 사람 역시 멋진 자기 유지를 위해 색을 바꾼다. 인연의 옷을 갈아입는다.

존재라는 '물음'

연심의 변심 혹은 절심은

언제나 비약으로 다가오는 사건이지만

생물성이 살아가는 자연스러운 이치이기도 하다.

그림을 걸지 않는
미술관처럼

나를 모르고 내 글만 아는 사람은 내가 애주가인 줄 안다. 글에 술
좌석 담화가 자주 나오는 이유는 술을 자주 마셔서가 아니라 술이
감각을 자꾸 자극해서다. 평범하기 짝이 없는 일상의 발견을 술이
돕는다. 그렇다고 사유의 마중물로 술을 활용하기엔 육체적 한계와
시간적 제약과 심리적 저항이 크다. 습관화된 술자리가 주는 무료
함, 술이 술을 마시는 강박증을 원치 않는다. 술은 신체 유연제. 방
심의 상태로의 초대. 냉동 초콜릿같이 단단한 자아가 실온보관 초
콜릿 정도로 부드러워지는 시간. 딱 거기까지다. 항시적인 쾌락의
방편으로 책을 즐기다가 지루하면 한잔 생각난다. 금욕적인 신체로
최적화한 다음에라야 찬 소주의 목 넘김에 자극이 오고 마주한 사
람의 얘기도 귀히 들린다. 언젠가 조그만 아이비 화분을 살 때 주인

존재라는 '물음'

으로부터 흙에 수분이 바짝 마른 다음에 물을 주라는 조언을 들었다. 속으로 생각했다. 내 몸에 술 주는 방법이랑 비슷하군.

술에 대한 절반의 사랑. 이는 성장 환경에서 기인한다. 아버지가 술 드시면 자식들과 마누라에게 잔소리가 장황했고 더러 무례했다. 갈지자로 걷는 중년 남자의 벌건 얼굴과 중언부언은 아름답지 않았다. 그에 대한 반동으로 형성된 음주 습관인지 모른다.

아버지와는 세대도 기질도 다르지만 '사회생활 하는 남자'의 자의식을 가진 남편 역시 침착하고 지속적으로 술을 벗 삼는다. 여타 남자 지인들도 예외 없었다. 술 없는 친교 활동은 불가능해보였다. 그걸 보면서 남자에게 술은 해방 기제가 아닌 억압 기제가 아닐까 의구심이 들었다. 사회적 개인들의 결속의 장, 술자리가 아니라면 이 세상에서 자기 위치 측정이 안 되는 거다. 내가 누구이고 어디에서 누구와 무얼 하며 살고 어디로 가는지. 술은 인생 마라톤을 위해 고용한 페이스메이커. 무리에서 낙오되지 않고 목표를 향해 달리기 위해, 고단한 그 길이 외롭지 않기 위해 마시는 듯도 보였다. 가엾고 얄궂다. 남편을 보면 그랬다. 그토록 어울리는 사람은 많은데 정작 생의 위기 국면에 자신의 고민이나 선택을 지지하거나 교정해주는 친구는 없어보였다. 아니, 남편이 고민을 안건으로 상정하지 않는다는 게 맞겠다.

얼마 전 끝난 글쓰기 수업에서 뒤풀이가 자주 열렸다. 몇 가지 요인이 작동했다. 학인들의 높은 무직자 비율(출근 부담 없음). 과제를 끝낸 홀가분함. 초여름의 선선한 저녁 공기 등. 술보다는 말 혹은 정에 대한 갈망이 컸으리라. 주로 연애담을 안주 삼았다. 스무 살 이후 공백 없이 연애 사건을 경험한 소설가 지망생 여성이 추억의 봉인을 풀었다. 심리소설 같은 내밀한 감정 묘사에 우리는 몰입했다. 남자 두 명도 여자들 틈에 껴서 귀를 쫑긋 세우고 듣고 있었는데 그 모습을 보자니 웃음이 났다. 폭탄주를 거부한다는 선언을 쓰겠다던, 공직자 사회에 몸담고 있는 삼십 대 남자 학인에게 물었다. "남자들도 술 마실 때 이런 얘기 단체로 해요?" 그가 고개를 절레절레 흔들었다. 홍상수 영화만 봐도 남자들은 여자랑 만남 몇 번 만에 관계를 가졌는가는 말해도 층층이 형성된 감정의 겹을 들추지는 않을 것 같았다.

집에서 식사 시간이 다가오면 아들은 묻곤 한다. "엄마, 저녁 메뉴 뭐에요?" 딸아이는 메뉴와 더불어 묻는다. "엄마, 오늘 저녁은 우리 네 식구 같이 먹어?" 아들에게 최고의 만찬은 삼겹살이나 차돌박이 정식이라면, 딸아이는 네 식구가 먹는 고기 밥상이다. 식탁에 네 식구가 모여 밥을 먹으면 싱글벙글 우리 가족 다 모였다고 흥분한다. 이 미묘한 차이를 발견하고는 흠칫 놀랐다. 남편은 그래도 가부장 지수가 낮은 편이다. 수컷으로 키우지 않기 위해 나는 아들에게 피아노를 시키고 시도 읽어주고 엽서도 쓰게 하는 등 감수성 훈련을 위해 부단히 노력했다. 그래도 남성적 유전자의 본래적 속성을 어찌하지는 못하는가보다. 딸아이는 자기 친구의 소소한 고민까지 물어 와서 나한테 미주알고주알 들려주는데, 아들은 너네는 무슨 고민 얘기하냐고 물으면 고민 같은 거 없다고 대답한다. 이 확연한 차이를 파악하고는 피식 웃는다.

어릴 때 엄마랑 보던 연속극에 나오는 스토리. 고시를 패스하면

뒷바라지하던 여자를 헌신짝처럼 버리는 남자들의 행태가 믿어지지 않았다. 인생을 살고 남자를 알고 나니 이제는 알 수 있다. 헌신하면 헌신짝 된다는 가르침을 텔레비전 바깥에서도 무시로 확인한다. 프로이트와 융과 슈필라인 이야기를 극화한 영화 〈데인저러스 메소드〉를 봤는데, 작품의 주제 의식과 무관하게 '융'이라는 남자 때문에 불쾌했다. 여자주인공 슈필라인은 융을 향한 사랑을 세상으로 드러내고 싶어한다. 융은 슈필라인을 사랑하지만 정신분석학자로서 명예를 지키기 위해 '부자 아내' 엠마를 택하고 현실에 안착한다. 융은 슈필라인과 육체적 관계를 맺고도 사랑한 적 없다고 차갑게 말한다. 분노에 떨던 슈필라인이 융과의 관계를 외부에 퍼뜨리는데 스캔들에도 불구하고 정신분석학자 융의 입지는 조금도 위협받지 않는다. 예나 지금이나 동양이나 서양이나 생의 터럭 한 올 다치지 않고 사는 남자들. 이 부조리함. 공적으로 유통되는 뻔뻔한 남성성에 분개한 나는 시립미술관 근처 찻집에서 멍하니 앉았다가 왔다.

아버지 – 남편 – 아들 – 지인 – 영화 – 문학을 접하면서 어설프게나마 남자라는 종의 연구로 20여 년의 세월을 보냈다. 관계 – 과정보다 목표 – 성과 위주로 사고하는 남자들의 감각과 욕망. 내가 남자 동료들과 관계 맺으며 절망하는 지점도 항상 같은 자리다. 여자들과의 관계에서는 결코 주저앉은 적이 없는 그 남성성의 지대. 그곳 아닌 어디에 몸 둘 데를 찾지 못하고 서성인다. 남자들의 변화를 기다리느니 바위가 살로 변하는 걸 바라자. 남자는 술과 같아서 맹목적으로 관계했다가는 몰락한다는 교훈을 마음에 새기고 사는데, 그렇게 그들을 "등지고 뛰어갔던 그 길에서 여기까지밖에 못 왔구나" 싶

으니 문득 쓸쓸한 일이다.

장마가 끝나가는 토요일. 낮에는 공동체에서 이탈당한 친구를 만났고, 저녁 시 세미나에서는 어느 여자 선생의 남자 친구 배신담을 시리즈로 들었다. 이런 날은 잠금 해제. 어찌어찌하여 새벽 4시까지 술을 마셨다. 아이패드로 유튜브에 들어가 음악을 골라 들으며 비닐 천막 끝으로 떨어지는 빗물을 만지작거리며 다짐했다. "나는 쉬겠네 그림을 걸지 않은 작은 미술관처럼."

서로를 등지고 뛰어갔던 그 길에서 여기까지밖에 못 왔구나 서로 뜻밖의 사람이 되었어 넌 내 곁을 떠나 붉게 물든 침대보 같은 석양으로 걸어가네 다른 여자랑 잠자겠지 나는 쉬겠네 그림을 걸지 않은 작은 미술관처럼

- 김이듬의 시 〈겨울 휴관〉 부분

양껏   오래

살고 싶다

사는 일에 크게 미련이 없다. 이 말을 예사롭게 했다. 이는 죽음이 목전에 닿지 않았기에 가능한 팔자 좋은 말잔치 같아 부끄럽지만 나름의 진심이다.

엄마의 돌연한 죽음, 가정 경제의 돌연한 몰락. 이성복 시인의 시 구절처럼 "몇 개의 돌부리 같은 사건"을 지나면서 삶의 감각이 달라졌다. 자식 두고 죽는 여자들을 이해하지 못했는데, 뭐 그럴 수도 있겠다고 생각했다. 그쯤이면 나한테는 생의 마지노선까지 다녀온 거다. 지금도 크게 바뀐 건 아니다. 삶이 시시해졌다기보다 죽음이 생생해진 것뿐. 전에는 죽음이 생의 막다른 길에 반쯤 열린 문의 이미지였다면, 지금은 생의 광장에 입 벌리고 있는 웅덩이로 떠오른다. 삼신할머니 랜덤으로 태어났듯이 빽사리로 미끄러지는 것도 순간

존재라는 '물음'

이겠지 생각한다. 몇 해 전에는 명동성당 비영리 기구 한마음한몸운
동본부에 가서 장기와 각막 기증을 신청했다. 육신을 공적인 장에
내놓자 정신까지 홀가분해졌다. 나보고 친구가 영화 찍느냐고 그랬
지만, 그럴 수만 있다면 영화처럼 살고 싶다. 시처럼 살다가 소설처
럼 죽고 싶다.

　스피노자의 《에티카》를 읽으면서 나는 죽음에 관한 나만의 윤리
적 근거를 마련했다. 스피노자는 실존의 소멸과 함께 사라지는 부분
과 남는 부분을 대비한다. 죽음을 맞이했을 때 외적 원인에 의해 규
정되는 외연적 부분은 사라지지만 자신의 특이적 본질을 구성하는
부분은 영원히 남는다고 한다. 바로 이해했다. 예를 들면, 노래가 살
아있는 김광석은 육체는 사라졌어도 죽은 게 아닌 거다. 나도 김광
석처럼 특이적 본질을 남기는 삶을 살려면 어떻게 살아야 할까를 고
민하게 됐다. 삶의 길이보다 삶의 밀도가 중요해졌다. 사는 동안 존
재를 확장하려는 노력은 멈출 수 없겠지만 순한 양처럼 주어진 시
간에 복종하고 싶다. 어디로든 끝 간에는 사라질 길. 그저 초 단위로
조용히 늙고 싶다.

　안부 전화를 드릴 때면 "아침에 눈뜨면 왜 사는지 모르겠어"라며
빨리 가고 싶다는 대사를 반복하는 시어머니의 말은 진심일까. 살고
싶다는 표현에 비가 새는 것이라 여겼다. 나 자신은 지금 죽어도 여
한이 없다면서 시어머니의 말은 왜 반어법이라고 단정했을까. 늙은
자의 말, 그것은 생의 갈망이든 생의 포기든 전부 다 생의 미련으로
번역했다. 일종의 투사일까. 내가 생에 미련이 많았을지도 모르겠다.

　합정역 2번 출구, 제과점 앞을 지나는데 어떤 할아버지가 오전 10

시부터 쓰레기통에서 먹을 것을 뒤진다. 저 할아버지는 지금 살고 싶을까, 죽고 싶을까. 나는 빵을 사들고 나오다가 할아버지에게 "저기, 시장하시면……" 했더니 빵을 빼앗아 빛처럼 사라진다. 살기 위해서 죽고 싶어져야 하는 생이 지긋지긋할 것 같다. 아무도 모른다. 그가 그렇게 된 것은 그렇게 될 수밖에 없었던 것이므로.

일흔을 앞둔 어느 목수. 전란에 태어나 고생이 극심했다. 초근목피로 연명하며 최장 닷새까지 굶어봤다고 했다. 고생 끝에 낙이 왔다. 흔치 않은 귀결, 아니 보상이다. 요즘은 운전기사가 모는 에쿠스를 탄다. 대궐 같은 전수관을 지어 제자를 기르고 사회에 기부도 한다. "사는 동안 다 퍼줄 테니까 하나라도 더 배우라"며 제자에게 죽비처럼 호통친다. 백 퍼센트 일본어인 건축 용어를 우리말로 바꾸는 유의미한 작업도 진행한다. 생의 의지가 만발하는 그가 인터뷰 말미에 조곤히 이야기한다. "사람 마음이 참 그렇더라고. 내가 한 가지 욕심이 생겼어. 더 좀 살았으면 좋겠어." 옛날엔 살기가 너무 힘들었는데 지금은 돈도 쉽게 벌리고 일이 잘되니까 오래 살고 싶다며 내 눈을 쳐다본다. 애처롭게, 늙은이 욕하지 말라는 듯이.

처마 끝에 하얀 구름이 흘러갔다. 연민 없이 15초 정도가 흘렀다. 오래 살고 싶다고 대놓고 말하는 어르신, 처음 봤다. 문득 나도 오래 살고 싶어졌다. 생에 매달리지도 않고 생에 발목 잡히지도 않고 양껏 사는 법이 있을 것 같다.

사는 동안 존재를 확장하려는 노력은 멈출 수 없겠지만
순한 양처럼 주어진 시간에 복종하고 싶다.
어디로든 끝 간에는 사라질 길.
그저 초 단위로 조용히 늙고 싶다.

그 렇 게   안   하 고   싶 습 니 다

그렇게 화장도 안 하고 다니다간 피부 망가진다는 경고를 이십 대 부터 들었다. 내 딴엔 스킨 로션을 바르고 분첩을 두드린 건데 그랬다. 뭘 어떻게 덧발라야 화장한 티가 나는지, 자외선이 차단되는지 알지 못했다. 확 망가지지도 않고 쫙 피어나지도 않고, 피부는 제 나이를 야금야금 먹어갔다. 피곤하면 뾰루지가 나고 뾰루지를 뜯으면 착색이 됐다. 새살이 돋지 않고 어엿한 잡티로 남았다. 세포 재생력이 떨어지고 있음을 직감했다.

어느 날 자고 나니 오른쪽 눈가에 콩알만 한 얼룩이 생겼다. 자고 나니 책에 누운 글자가 흐릿해지던 즈음이다. '혹시?' 이건 할머니 손등이나 얼굴에 나는 건데, 난 아직 사십 대이므로 설마했다. 노안 이란 말이 그랬듯이 그 말도 입에 올리지 않았다. 그럴수록 거슬렸

존재라는 '물음'

다. 내게 화장하라던 조언자 일군은 충고했다. "피부과 좀 가라."

검버섯. 내심 따돌리던 그 단어를 인터넷 검색창에 넣었다. 연관 검색어로 검버섯 제거 비용, 검버섯 제거 방법이 줄줄이 떴다. 링크를 하나씩 눌러봤다. 대부분 성형외과 광고 글이었다. 비용도 천차만별. 십만 원부터 백만 원까지 개수와 크기와 기기에 따라 시술 비용이 달랐다. 몇 개까지 얼마라는 할인 혜택에 혹했다. 천천히 스크롤을 내리던 나는 "제거 후 미백 관리 필수"라는 문구를 본 다음에야 검색창을 닫았다.

《몸에 갇힌 사람들》의 저자 수지 오바크는 말한다. "언어들이 사라지는 속도만큼이나 빠르게 다양한 신체 종류들과 표현들이 사라지고 있다. 다양성과 차이라는 강점을 잃어가고 있다. 우리는 몸을 개조하기를 원하고, 미용 산업에는 떼돈을 벌어다주면서 스스로에게는 엄청난 상처를 안긴다." 여기에 밑줄을 그었다.

영화 비포 시리즈는 내 인생 영화다. 〈비포 선라이즈〉에서 〈비포 선셋〉으로, 그리고 근작 〈비포 미드나잇〉까지, 동일한 남녀 주인공이 이십 대부터 사십 대까지 30년 시간의 폭과 결을 몸소 보여주는 연기와 설정은 단연 독보적이다. 그들이 방부제 미모였으면 영화가 그토록 기품 있었을까. 주름과 잡티를 예찬하던 나다.

그런데 왜 나는 내 얼굴에서 '그것'을 지우려 했을까. (난 줄리 델피가 아니니까.) 왜 수지 오바크 말대로 "몸이 흡사 낡아서 창피한 부엌이라도 되는 것처럼" 못마땅하게 굴었을까. (줄리 델피처럼 예뻐지고 싶어서) 내 신체 박피 욕망은 있는 그대로의 자연을 용납하지 못하는 개발 신화와 얼마나 다를까. (줄리 델피는 영화에서 사나운 환경운동가다)

지루한 연휴 끝의 피부과 광표 클릭, 그 시작은 심각했으나 그 끝은 시시하게 종료됐다. 《병원이 병을 만든다》는 책도 있다시피, 피부과에 가면 점과 잡티는 무한 발명된다. 피부과나 성형외과 시술을 한 번만 받은 사람은 없다지 않은가. 안 하거나 또 하거나.

　"계속해"라고 말하는 건 자본의 오랜 속삭임이다. 그 지속적인 미백 관리 및 주름 제거에 들일 시간과 비용이 내겐 없었다. 운명이고 다행이다. 사회적·문화적 압박에 시달리는 몸들을 만들어내는 미용 산업 대열에 섣불리 발 들이지 못한다. 가끔 흔들릴 것도 같다. '잡티 빼는 게 뭐라고, 남들 다 하는데' 하면서 공돈이라도 생기면 피부과 문을 빼꼼히 열지도 모르겠다.

　내 몸과 어떻게 관계 맺을 것인가. 질문이 남는다. 노화는 섭리다. 몸에 대한 근원적 불안과 불만의 강도가 높아질 날들이 기다리고 있다. 내 것이 아닌 것 같은 몸, 낯선 모습으로 고개 내밀 얼굴과 동거하는 연습을, 콩알만 한 그것으로 해보고 싶다. "일찍 시작하고 자주 시행하라"는 시대적 요청에 거슬러, 사십 대부터 잡티 제거 안 하고 살면 어떻게 되는지, 나의 신체 표현이 나도 궁금하다.

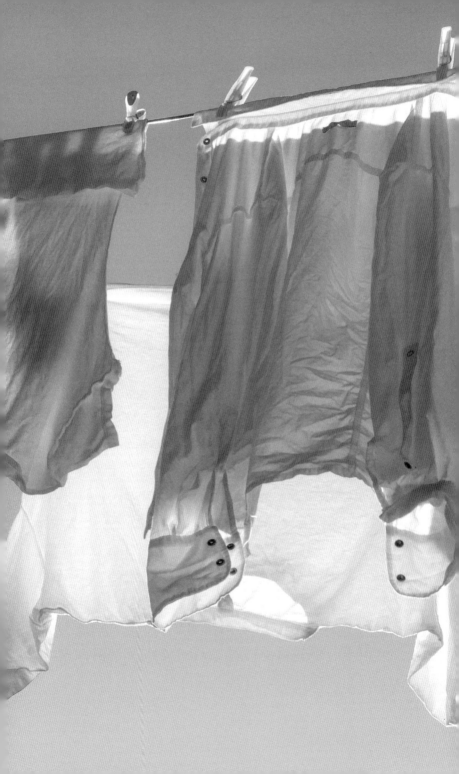

제 몸에서 스스로 추수하는 사십 대

꽃단장 콘셉트에 맞추느라 신발장을 지키던 하이힐을 신고 외출했다가 아주 고생을 했다. 집에 오자마자 벌겋게 달궈진 발을 따순 물로 씻고 로션을 발랐다. 왠지 뼈랑 힘줄이 툭 튀어나온 것 같아서 발을 정성스레 주물렀다. 구겨진 발톱을 폈다. 불과 작년까지 멀쩡히 신어놓고선 저 신발 당장 버릴 거라고 투덜거렸다. 그 꼴을 아들이 보더니 "그러게 왜 하이힐은 신었어요" 한다. 그 뉘앙스가 꼭 〈전원일기〉 김회장이 팔순 노모 나무라는 말투였다. 만으로 열네 살인 아들이 엄마에게 할 소리는 아니라고 생각하는 순간 결정타를 날린다. "엄마는 결혼도 했으면서 누구한테 잘 보이려고요." 순간 내 표정에서 불길한 기운을 감지한 아들은 아차 싶었는지 하이힐은 아가씨들이 신는 거 아니냐면서 과학 선생님이 발 건강에 해롭다고 했다는 둥 횡설수설 둘러댄다. 그럼 내가 이 나이에 킬힐은 고사하고 효도 신발 신으리? 네가 사주던가! 하려다가 말았다.

눈에 낀 잡티처럼 나이가 자꾸 거슬린다. 별일이다. 딱히 그동안은 나이를 의식하지 못하고 살았다. 누가 몇 살이냐고 물으면 그제야 손꼽아보고 대답했다. 그런데 신체가 신호를 보낸다. 생리 주기가 점점 빨라졌다. 30주기에서 28, 25, 23주기까지 바짝 조여온다. 주위에 그 얘길 하면 "벌써 마흔이니?" 놀란다. 선배들 왈, 마흔 살부터 생리 불순이 시작된단다. 자궁도 늙는다. 미장원에서는 뒷머리 속에 흰머리가 뭉쳐 있다고 알려줬다. 한참 이야기에 열중하다가도 영화 제목이며 사람 이름 등등 고유명사가 목 끝에 걸려서 수다 흐름이 막히기 일쑤다. 머리끝부터 발끝까지 신체 부위별로 돌아가며 오늘은 여기, 내일은 저기서 경고등을 깜빡인다. 그러니 아아, 어찌 잊으랴. 삶을 교란시키는 그 바이러스 같은 숫자를.

사랑 따윈 필요 없다고 큰소리 치는 이가 가장 사랑을 갈망하는 것처럼, 나이는 숫자에 불과하다고 외치는 자의 뇌리엔 나이가 화인처럼 찍혀 있음을 알았다. 신체가 괜히 신호를 보내는 것은 아니리라. 인생 후반전에 접어들었다는 호루라기 소리일 거다.

공자의 나이 도식에 따르자면 사십 줄은 안정권이다. 미혹되지 않음. 그런데 불혹이란 말이 쓰인 것은 유혹이 그만큼 많아서란다. 언론인 김선주도 그랬다. 주위의 남자들이 노선 수정, 입장 변경을 가장 많이 하는 나이가 마흔이더라고. 뭐, 미래는 불안하고 육신은 외로운 가부장 감수성 이해한다. 노화론, 변절론이 다가 아니다. 사십 대 황금기론도 물론 있다. 나의 스승은 제자의 사십 대 진입을 축하하며 지나놓고 보니 삼십 대는 어설펐고 사십 대가 제일 왕성했다며 향후 10년을 잘 보내라고 격려하셨다. 박완서도 마흔에 소설가로 데뷔해 알곡 같은 글을 생산했다. 인생 후반전 내내 풍작이었다. 상암월드컵경기장을 설계한 건축가 류춘수는 심지어 사십 대를 두 번 산다고 했다. "최소한 예순 살까지는 한눈 팔지 말고 초지일관 가라. 인생에서 한 번쯤 방향 전환이 필요한 나이는 예순이다. 나도 4년 전 환갑 되던 해에 고민했다. 은퇴할까. 세계 여행을 할까. 국사 공부를 할까. 그러다가 결심했다. 하던 일 하되 나이를 깎자! 20년. 마흔 다섯이 됐다. 거짓말처럼 힘이 나더라."

누군가는 4호선으로 갈아타는 나이. 누군가는 우향우 하는 나이. 누군가는 바닥에 외로움을 뱉는 나이. 누군가는 KTX의 속도로 달리는 나이. 누군가는 의자에서 하이힐 벗어놓고 부은 다리를 주무르는 나이. 누군가는 노란선 바깥에서 기우뚱하는 나이. 누군가는 개찰구에서 서성대는 나이. 서울역처럼 다양한 삶이 오가는 사십 대 풍경.

사십 대 문턱에 들어서면
바라볼 시간이 많지 않다는 것을 안다
기다릴 인연이 많지 않다는 것도 안다
아니, 와 있는 인연들을 조심스레 접어두고
보속의 거울을 닦아야 한다
씨뿌리는 이십 대도
가꾸는 삼십 대도 아주 빠르게 흘러

존재라는 '물음'

거두는 사십 대 이랑에 들어서면

가야 할 길이 멀지 않다는 것을 안다

선택할 끈이 길지 않다는 것도 안다

방황하던 시절이나

지루하던 고비도 눈물겹게 그러안고

인생의 지도를 마감해야 한다

쭉정이든 알곡이든

제 몸에서 스스로 추수하는 사십 대,

사십 대 들녘에 들어서면

땅바닥에 침을 퉤, 뱉어도

그것이 외로움이라는 것을 안다

다시는 매달리지 않는 날이 와도

그것이 슬픔이라는 것을 안다

– 고정희의 시 〈사십 대〉

결을 맞추는 시간

왠지 요즘 나의 속도가 못마땅하다. 책 읽는 속도, 밥 먹는 속도, 실망하는 속도, 커피 마시는 속도, 문자에 답하는 속도, 글을 쓰는 속도, 눈물 나는 속도, 책을 사는 속도, 신경질 내는 속도, 그리움에 물드는 속도. 죄다 너무 빠르거나 느린 속도만 있다. 언젠가 속도에 대한 미약한 자각 이후 한 조각 구름 떠가듯 살려 했는데 그랬더니 게을러진다. 중간이 없는 인간인가, 나는.

부끄럽지만 나는 내가 열심히 산다고 생각했다. 그런데 생에 허천난 사람이었던 것 같다. 그러지 않으면 살아지지 않는 줄 알았다. 사는 게 서툴렀다. 내 마음 얼마나 얼뜨고 거칠었나. 들볶았고 들볶였다. 물에 녹지 않은 미숫가루처럼 둥둥 떠다니는 감정의 건더기가 사래처럼 목에 걸린다. 삶의 속도 개선. 결에 따라 섬세하게 살피고 헤아려서 어떤 일은 느린 가락으로 어떤 건 빠른 템포로 살아야 한다.

가수 이상은에게 삶은 여행, 나에게 삶은 숙제. 사랑하는 것들과 결을 맞추는 연습. 그리고 얻어온 것들의 본래 자리를 기억하는 노력. 궁극에는 돌려보내야 할 것들과 이별하는 훈련. 비에다 대고 손가락 걸어보는 밤.

허겁지겁 허천난 듯해서 사랑을 만나게 되는 것은 아니다. 결을 맞추는 시간이 필요하다. 게다가 가서 '얻어오는' 마음이 필요하다. 다른 마음을 '얻어오는' 것이 필요하다. 멀어지는 사랑의 뒷등을 볼 때서야 나는 그와 사귀는 동안 이것이 모자랐음을 알게 된다. 사랑을 잃은 오늘 내 마음을 보아도 다시 얼뜨고 여전히 거칠다. 머잖아 또 망실亡失이 있을 것이다.

새와 아내와 한 척의 배와 내 눈앞의 꽃과 낙엽과 작은 길과 앓는 사람과 상여와 사랑과 맑은 샘과 비릿한 저녁과 나무 의자와 아이와 계절과 목탁과 낮은 집은 내가 바깥서 가까스로 '얻어온' 것들이다. 빌려온 것들이다. 해서 돌려주어야 할 것들이다. 홀로 있는 시간이 이 결말을 생각하느니 슬픈 일이다. 낮과 밤과 새벽에 쓴 시詩도 그대들에게서 '얻어온' 것들이다. 본래 있던 곳을 잘 기억하고 있다. 궁극에는 돌려보내야 할 것이므로.

– 문태준의 시집《가재미》뒤표지글

사랑하는 것들과 결을 맞추는 연습.

그리고 얻어온 것들의 본래 자리를 기억하는 노력.

궁극에는 돌려보내야 할 것들과 이별하는 훈련.

길 에 서

쓰다

생의 빈틈이나 존재의 허전함을 사람으로 채우려는 건 무리한 욕심이다. 그래서 음악이 필요하고 책이 필요한 건지도 모른다. 말 없는 그것들이 품은 살 같은 말에 기대어 살아가는 나를 본다. 나는 사람과 관계 맺는 법, 사람을 사랑하는 법에서 점점 더 멀어져간다. 그저 연연하지 않을 만큼 가까워지기를 희망한다. 그리 사는 영혼이 문득 가여운 거다.

연구실에서 집에 올 때 연대 앞에서 버스를 갈아탄다. 버스 도착 시간 전광판에 '15분' 이런 숫자가 새겨져 있으면 황당스럽다. 15분을 정류장 의자에 구겨져서 기다릴 때도 있지만 주로 걷는다. 어제도 걸었다. 어둑신한 길을 걸으면서 번잡스러운 생에서 빠져나온다. 안간힘 쓰던 지난 두 주의 시간들. 무엇을 연연하는가. 손에서 빠져

존재라는 '물음'

나갈세라 움켜쥐는가. 그런 집착들이 통째로 쓸모없이 느껴진다. 걷다가 습관적으로 핸드폰을 봤다. 나의 푸념에 대한 답으로 친구에게서 온 문자. "이 생에서 지키고 애쓰며 영위해야 할 것이 무엇인가."

한동안 조용하던 메시지함에 박힌 생의 물음. 진부한데 곡진하다. 고개 들어 바라본 달만큼 선명하다. 나는 이 세상에 나온 이유를 찾고 싶다. 그 생각을 하면 꼭 눈물이 난다. 두 주먹으로 훔쳐내고 세 정거장 지나서, 사나운 형광등 켜진 버스를 탄다.

두 아이의 성장을 지켜보면 미안하다. 학원을 보내야 하나 말아야 하나, 시험인데 해줘야 하나 말아야 하나, 저것이 어떻게 밥을 먹고 살까. 힘없는 부모 만나서 너네가 고생한다. 내 비록 입시설명회는 가지 않더라도 365일 중에 단 하루도 고민하지 않은 날이 없다. 월세를 어떻게 내야 하는지 걱정스러워서 또 구차하게 여기저기 편집자 친구한테 전화해 "집에서 할 수 있는 윤문 알바 대환영"이라고 말하고 전화를 끊고는 침대에 벌러덩 누워 천장에 붙은 모기 시체 파편과 핏자국을 바라본다. 여름 한철 맹렬하게 흡혈하다가 사라지는 저것들처럼 한순간에 납작하게 깔리고 싶다. 다족류처럼 여기저기 걸쳐진 인연의 발이 다 끊어지길 나는 때때로 소망한다.

지난 토요일, 지하철에서 시집을 폈다. 시 세미나에서 읽을 때 초벌구이를 해놓아서 그런지 한 행 한 행 더 선명하게 와 닿았다. 자꾸만 손이 가는 과자 먹으면서 만화책 보듯이 심취해서 읽다가 고개를 드니 시청역을 지나고 있다. 할 수 없이 을지로 입구에 내려서 건너가려고 하는데 정장 재킷 입고 안전 요원 띠를 두른 할아버지가 뒷짐을 지고 계신다. "저, 제가 잘못 내려서 건너가야 하는데요" 말씀

드렸더니 "젊은 사람이 정신을 어디다 놓고 다니나. 나처럼 늙은이도 아니고. 파란색 버튼 눌러요. 문 열리니까" 하신다. 흐흠 헛기침하고 돌아서는 등 뒤에다가 "죄송합니다, 고맙습니다" 연신 고개를 주억거리면서도 기분이 좋았다. 모르는 어른한테 오랜만에 혼나봤다. 내가 바보처럼 잘못 내린 게 선행이라도 한 것처럼 뿌듯했다. 하루 종일 무료하고 심심했을 할아버지에게 잠시나마 존재의 이유를 제공해드렸으니.

1호선 신이문역에 가는 길이다. 서울의 동쪽 끝으로 오랜만의 행차다. 묵은 것에서 나는 퀘퀘하고 시큰한 냄새. 깊이 들어갈수록 가난한 냄새가 코를 찔렀다. 요즘은 길에서 허리 굽은 어르신들이 안보이길래 의술이 좋아져서 곱추는 다 고치는 줄 알았는데 이 동네에서 그런 할머니를 두 분이나 보았다. 낫 놓고 기역자도 모른다고 할 때 그 기역으로 정직하게 구부려진 몸이 내 눈앞에서 걸어갔다. '여기 모여 계셨구나. 눈에서 안 보인다고 없는 건 아닌데.' 신이문역 굴다리 아래에는 할아버지들이 장기를 두고 있다. 이건 공간 여행이 아니라 시간 여행이다. 같은 서울인데도 여기는 80년대의 풍경이 고스란하다. 없는 사람은 모여 살기라도 해야 덜 쓸쓸하니 다행이지 싶다.

경험과 관계가 엮인 '장소'는 사라지고 편리와 효율만 있는 '공간'만 남은 서울에서 나는 모처럼 장소성을 체험했다. 학교 앞 골목길에서 다라이 놓고 때 이른 김장을 하는 사람들. 독거 어르신이랑 동네 아이들이 모여서 전을 부치고 활동가 친구는 팔뚝에 고춧가루를 바르고 환하게 웃는다. 글쓰기 수업도 시 세미나도 여자가 팔 할이다. "여기 독거 어르신도 할머니가 압도적으로 많네요?" "어머님들 덕분에 김장을 쉽게 했어요. 얼마나 힘이 좋고 손이 빠른지." 나이가 들어도 퇴화할 줄 모르는 억척스러움의 세포를 어쩔 것인가.

　손에는 사르트르의 《말》을 무슨 부적처럼 꼭 쥐고 버스에 앉아 창밖을 바라보고 있었다. 내 앞에 선 사람을 보니 아는 친구다. 내 생애 첫 글쓰기 수업에 30분이나 일찍 온 친구. 마지막 에세이로 할머니 얘기를 써서 나를 울린 친구. 우연한 마주침에 반가워서 가방을 들어주었다. 나는 앉고 그는 서고. 비대칭의 시선을 힐끔거리며 교환했다. "명절에 할머니한테 가겠네?" "네. 근데 할머니가 전화만 하면 올 거 없다 그래요. 안부 전화해서 무릎이랑 허리는 괜찮으시냐 물어봐도 무조건 대답은 똑같아요. '여기까지 올 거 없다. 나는 괜찮다'" 바쁜 손녀에게 짐이 되기는 싫고 보고는 싶은 이중감정을 저렇게 직설화법으로 표현하시다니. 보고 싶다고 말했다가 거절당할까봐 두려운 마음은 나이가 들어도 퇴화하지 않는가보다.

　한 친구도 전라도까지 내려가서 할머니를 인터뷰해왔는데 마지막 문장이 아직도 기억에 박혀 있다. 긴 얘기를 만리장성 들려주시고는 돌아서는 손녀에게 말씀하신다. "좌우간 고맙다." 올 거 없다와 좌우간 고맙다가 돌림노래처럼 공명한다. 종합하면, 올 거 없는데 좌우간 고맙다쯤 되겠다. 버스 토크 중에 선배한테 전화가 왔다. "왜 무슨 고민 있어?" "아니, 없어." "바쁜데 일해." 할 말 있는데 좌우간 끊는다쯤 되겠다. 나 할머니인가.

자 신 을   너 무   오 래
들 여 다 보 지 말 것

"창밖은 오월인데 너는 미적분을 풀고 있다"는 피천득 시인의 시구처럼, 창밖엔 겨울비가 내리는데 나는 겨울잠을 잤다. 까맣고 촉촉한 겨울밤 공기에 휩싸여 〈화양연화〉 ost라도 들었어야 하는데, 날이면 날마다 오는 겨울비도 아닌데 아깝다. 으슬으슬 춥고 몸이 땅으로 꺼져 최대한 웅크리고 있다가 잠이 들었다. 그간 애들 방학하고부터는 매일 아침 10시에 일어났는데 오늘은 눈뜨니 8시. 어제 빨리 잠들어 일찍 일어난 줄 알았다. 핸드폰이 울린다. 이 이른 시간에 누굴까. 기획자다. 업무적인 대화를 나누고는 안쓰러운 마음에 물었다. "마감이 급하다더니 밤샜나봐요? 아님 이렇게 일찍 출근한 거예요?" "어? 평소처럼 9시에 출근했는데요. 지금 10시가 다 돼가는데……." 무슨 말인가 싶어 핸드폰 시계를 보니 9시 53분이다. 안

존재라는 '물음'

방 시계가 고장난 것이다.

　게으름뱅이 신세를 들켰다. 웃기고도 민망했다. 이렇게 살아본 적이 별로 없었다. 겨울잠은커녕 사계절 부지런한 새처럼 일찍 깨어 먹이를 줍고 잠들 때까지 다람쥐처럼 쪼르르 달렸다. 영혼의 양식 모으며 바삐 움직였다. 약속 시간 어기면 큰일나는 줄 알고, 주어진 일 성심껏 처리하고, 안 되면 되게 했다. 남한테 덕이 되지는 못할망정 짐이 되지 말자가 나의 생활신조였다. 그래서 사회생활이 비교적 수월했다. 그런데 내가 그렇기 때문에 그렇지 못한 사람들을 이해하기 힘들었다. 내가 촌각을 다투니까 상대방이 약속 늦으면 혼자 삐지고, 일 처리 흐리멍덩하면 화났다. 도대체 왜 저럴까…….

　그간은 운 좋게도 나와 비슷한 유형의 인간들과 일하느라 몰랐는데 언젠가부터 새로 들어온 기획자들의 실수가 잦아 몇 번이나 헛걸음하고 난처한 상황에 처하니 열불이 났다. 취재 장소 잘못 알려줘 택시 타고 달려가는 길엔 전화해서 "일 좀 똑바로 하라고!" 버럭 소리라도 지르고 싶었다. 다른 동료 하나도 약속 개념이 별로 없다. 정말 답답했다. 그런 식으로 주위 사람들이 하나둘 못마땅해지자 어느 순간 내가 못마땅해졌다. 꼰대에 소인배 같았다. 실수조차 덮어주지 못하는 옹졸한 사람. 무슨 나라를 구하는 일이라고. 나도 더러 늦어서 눈치 보고 비굴하게 구구한 변명 늘어놓으면서, 나를 용서하듯 기꺼이 용서하면 그만인 것을.

　돌이킴의 끝에서, 삶의 속도를 생각했다. 나는 누구보다 자본의 속도에 길들여진 사람이었다. 마르크스의 《자본론》에 나오는 진짜 노동자. "로마의 노예는 쇠사슬로 얽매여 있지만 임금노동자는 보이지 않는 끈에 의해 그 소유자에게 얽매여 있다"고 말할 때의 그 노동자. 자본의 메커니즘에서 하나의 부속으로 쉼 없이 돌아가는 똘똘이표 나사였다. 일터에서도 가정에서도 사교의 장에서도 근면 성실의 습관을 버리지 못했다. 내가 삐끗하면 삶의 시스템이 멈추니까 몫을 다한 것이었는데, 지나고 보니 고작 또 다른 시시한 하루를 재생산하기 위해서였다.

그럼에도 그것이 이삼십 대에는 치열함의 미덕으로 소용됐을지 언정, 사십 대에는 좀 넉넉한 시간의 옷이 필요한 것 같다. 빈틈없이 날카로운 잣대는 늘어진 뱃살 드러나는 쫄티처럼 이제 내게 안 어울린다. 갑갑하고 각박하다. 남 보기에도 안 좋고 나도 불편하다. 야무지게 살려니 체력도 달린다. 오래된 핸드폰처럼 일 하나 처리하면 어느새 배터리가 한 칸만 남는다. 아무래도 다른 삶의 방식으로 살아야 할 때인가보다. 게으름을 지혜의 알리바이로 삼지는 말되 게으름이 아닌 느긋함으로, 조급함이 아닌 경쾌함으로, 주변의 것들과 어우러지는 행복한 삶의 속도를 만들어나가야겠다. 올라갈 때 못 본 그 꽃, 내려올 때 볼 수 있도록.

자신을 너무 오래 들여다보지 말 것

지나간 일은 모두 잊어버리되
엎질러진 물도 잘 추스려 훔치고
네 자신을 용서하듯 다른 이를 기꺼이 용서할 것
― 최영미의 시 〈행복론〉 부분

존재라는 '물음'

사 는   일 은 ,   가 끔
외 롭 고   자 주   괴 롭 고
문 득 그 립 다

어느 겨울. 시댁에서 제사를 지내고 한 시간 가량 운전을 해서 집에
왔다. 남편과 아이들은 잠들고 나는 거실에 멍하니 있었다. 두 눈만
꿈뻑꿈뻑 모드 변환 중이다. 몸에서 식용유 냄새랑 트리오 과일향이
빠져나가길, 다시 나로 돌아오기를 기다리고 있었다. 감정이 복잡했
다. 일체유심조를 이루고자 〈반야심경〉을 읽는 심정으로 시집을 뒤
적거리는데 문자가 왔다. "뭐하니?" "그냥 있어." 술자리를 마치고
가는 길인데 뭔가 아쉬워서 연락했다는 그. 문득 마음이 동했다. 자
기재건 본능인지 떠남의 욕망인지 모를 기습적인 충동이 일었다. 우
리는 술꾼처럼 '딱 한 잔만' 하기로 했다. 그는 2호선 반대 방향으로
갈아타 되돌아오고, 나는 택시를 잡아타고 양화대교를 건넜다. 합정
역 4번 출구에서 상봉했다. 베시시 웃고는 사뿐히 팔짱을 끼고 홍대

쪽으로 걸었다. 얼얼한 바람이 전신을 휘감았다. 정신이 들고 생기가 돌았다.

호프집에 도착해 소주를 마셨다. 시댁에서 술집으로 배치가 바뀌니까 존재가 달라진다. 비록 무릎 나온 추리닝의 꾀죄한 차림이지만, 재투성이에서 신데렐라로 변신한 것 같았다. 역할이 아니라 영혼이 만나 마주하니 좋았다. 해야 할 얘기와 하지 말아야 할 얘기를 구분하지 않아도 되어 편했다. 그렇게 감정의 평형상태를 즐기는데 자꾸 목 앞쪽이 껄끄러웠다. 목걸이도 안 했는데 이게 뭔가 싶어 만져봤더니 스웨터 상표였다. 황급히 나오느라 윗도리의 앞뒤를 바꿔 입은 거다. 나 다급했나⋯⋯. 웃기면서도 부끄러웠다. 화장실에 가 옷을 고쳐 입고 그의 옆자리로 가서 앉았다. 고속버스 승객처럼 나란히 앉아 떠들다가 고개 뉘여 그의 어깨에 잠시 기대었다. 밖으로 나왔더니 얼굴에 차고 다순 알갱이가 톡 떨어졌다. 눈, 눈발이 날렸다. 나도 모르는 사이 영화 〈러브레터〉 주인공처럼 고개가 젖혀지고 두 팔이 벌려졌다. 나와 세계가 분리되지 않았다. 그 싸락눈 깔린 하얀 아스팔트를 밟으며 다시 합정역까지 걸었다.

다시 겨울. 삼선동에 이사 오고는 대학로를 한 번도 못 갔다. 전에는 업무 수행 혹은 친교 활동을 위해 종종 들르던 동네다. 가까우니 멀어진다. 대학로에 있는 그에게 그리움 담아 문자메시지를 넣었다. "보고 잡소." 급작스럽게 삼자회동이 성사되어 한 시간 뒤 동숭아트센터에서 만났다. 그가 데려간 곳은 '민들레처럼'. 박노해 시인의 시 제목인데 술집 간판으로도 어울렸다. 강남에서 근무하는 그의 후배는 벌써 와 있었다. 택시 타고 왔단다. "너 다급했니?" 키득키득. 나

존재라는 '물음'

는 안다. 누구를 만나고 싶은 자가 아니라 어디로 떠나고 싶은 자는 달린다. 전속력으로. 초과 노동과 인간소외를 벗어나 자유와 해방의 땅으로 한달음에 간다. 그곳은 편안한 소파에 안주가 푸짐했다. 도토리묵, 파전, 과일 샐러드, 북어포, 오뎅탕이 이만 원이란다. 배경음악으로도 친숙한 7080 노래가 흘렀다. 처음처럼을 각 한 병씩 마시고 수다도 비우고 술집을 나갔다. 예기치 못한 선물. 눈이 날린다. 송이송이 눈꽃 송이. 민들레 홀씨처럼 지상에 내려앉지 못하고 공중을 휘젓는 눈.

그해 겨울. 용산참사 노제가 열리던 날도 그랬다. 민들레처럼 눈이 내렸다. 함박눈이 펑펑 그칠 줄 몰랐고 남일당 앞 스피커 차에서는 〈민들레처럼〉이 연신 울려 퍼졌다. "민들레꽃처럼 살아야 한다…… 모질고 모진 이 생존의 땅에…… 온몸 부딪치며 살아야 한다…… 민들레처럼." 구슬픈 가락 따라 눈사람이 된 유족과 검은 영정 사진이 무겁게 흘러갔다. 거침없이 피어나 짓밟힌 사람들. 고조되는 목소리. "아, 해방의 봄을 부른다. 민들레의 투혼으로오."

언젠가 봄은 온다고들 말하지만, 당사자에게 겨울은 너무 길고 춥다. 구체적인 아픔을 무화시키고 봉합해버리는 상투적인 결말이 거슬렸다. 우리는 봄을 기다리기보다 체온을 나누며 겨울을 나는 법을 노래해야 하는 게 아닐까. 마디마디 분절되어 살갗에 닿던 민들레처럼 말이다.

그는 가고 둘은 남았다. 우리는 시야를 흐리는 몽환적인 눈을 맞으며 학림다방으로 향했다. 창 넓은 찻집에서 꼭 커피를 마시고 싶다고 내가 우겼다. 팔짱 끼고 걷다가 친구가 뒤뚱 넘어지려는 걸 구제해주었다. "이런 낭만 지수 백 퍼센트 외출 지수 오십 퍼센트인 날, 옆에 있는 사람이 나여서 괜히 미안하다." "아냐. 고마워. 나 혼자였으면 분명히 넘어졌을 거야. 얼마나 서글펐겠어." 애인 있다고 넘어질 때 항상 안전한 건 아니며 발 걸고 같이 넘어지는 놈들도 많다고 위로했다. 애잔한 말들. 비혼이어서 쓸쓸하고 기혼이어서 아니 쓸쓸하진 않다. 인간이어서 적적한 것이다. 그래서 스피노자는 인간은 인간에게 가장 이로운 존재라고 말했나보다. 어쨌든 인간의 존재 조건인 고독을 등짐 진 두 여자는 좁고 가파른 학림다방 계단을 올랐다. 여전히 달달한 낭만주의 클래식이 흐르고 일제강점기 소설가의 방처럼 담배 연기 피어나고 레코드판 즐비하며 소파는 나란하다. 영화 〈계몽영화〉에서 남녀가 맞선 보던 국제중앙다방 세트장 분위기가 마냥 정겹다. 통유리에 안긴 풍경은 넉넉하고 커피는 일품이고 손님은 만석이고 우리들 대화는 처량하다.

"회사 그만두고 싶어 죽겠다. 아주 아주 죽을힘 다해서 짜내고 짜내서 다니고 있어. 설에 집에 내려갔더니 나 결혼 안 한다고 엄마가 엄청 걱정을 하시는데 회사까지 그만두면 너무 불효 같아서." "그렇겠다. 번역만 해서는 생계가 어렵지? 아는 사람이 작년에 다섯 권 번역했는데 연봉 이천만 원이래. 그만큼 하려면 하루에 열 시간 이상 매일 노동해야 해. 너는 그쪽 일은 하나도 안 해?" "응. 요새 글쓰기 싫으네. 사람은 어떤 맹목적인 확신이 있어야 사나봐. 그 거울을 잃어버리니까 맨 얼굴의 내가 보여서 괴롭다." "그래도 체력 될 때 써라." "그래야지. 연령주의에 갇히면 안 되겠지만 일도 사랑도 때가 있는 거 같아. 확실히 남자는 나이 들수록 만나기 더 어렵

고.” “근데 사십 대를 같이 보내서 한 10년 추억을 공유해야 노년에 말벗을 해도 하지 않을까. 올해는 적극적으로 남자를 만나봐.” “그래야 할 텐데 사람이 없네…….” 돌림노래 같은 주제들. 결론 없는 수다. 오로지 과정으로만 존재하는 삶과 닮았다. 담소를 나누는 동안 나는 테이블에 있는 정사각형 영수증으로 종이학을 접었다. “아직도 종이학 접을 줄 아니?” “그러네. 몸이 기억하나봐. 손이 저절로 접은 거야.”

데이트 생활자의 겨울. 근래 들어 근무 태만이다. 혼자 노는 기술을 알아버렸다. 이를 테면, 파울 첼란의 시집을 사고는 카페에 갔다가 독일풍으로 뮌헨 빵과 에스프레소를 주문하는 된장녀 짓을 일삼으니 지루하진 않다. 늘 그랬다. 사는 일은 가끔 외롭고 자주 괴롭고 문득 그립다. 바늘 하나로도 없어질 수 있는 것이 생명이고 눈송이 하나라도 깨어날 수 있는 것이 사람 아닌가. 그러니 이 헛됨을 누리면서 견딜 수 있는 한 번의 기쁨, 한 번의 감촉, 한 번의 이윽한 진실이 필요하다. 합정동에 두고 온 그대 생각. 남일당에 두고 온 민들레처럼 학림다방에 두고 온 종이학. 팔뚝에 저장된 체온 같은 것들……. 나의 무제한적인 부衞, 눈과 함께 서리서리 쌓인 시간의 기억들. 그것으로 겨울을 나고 일생을 버틴다. 사람은 가도 옛날은 남으니까.

나는 안다.

누구를 만나고 싶은 자가 아니라

어디로 떠나고 싶은 자는 달린다.

전속력으로.

내　인생이　그렇게　슬프진

않거든요

업무차 보육원에 다녀온 친구가 말했다. "아이들이 200명 넘게 있
더라, 생각해보니 나 학교 다닐 때 우리 반에도 보육원에 사는 애가
없진 않았을 것 같아." 보육원 아이는 반 친구를 집에 데려오지 못하
고 남들처럼 부모형제와 사는 듯 지냈을 텐데 싶어 애처로운 마음이
든다고 했다. 나와 같은 시간대를 통과했을 한 아이를 나도 가만히
떠올려보았다. 있는 그대로 자기를 드러내지 못하는 사람의 가슴은
때때로 얼마나 졸아드는가.

　　예전에 보육원에서 만난 취재원이 떠올랐다. 원생이 성인이 되면
약간의 생활자금을 갖고 시설을 나간다고 말했다. 난 좀 놀랐다. 방
한 칸 구하기 어려운 소액으로 가족도 없는데 어떻게 자립을 하느냐
며 살짝 분개했던 것 같다. 그는 잠시 머뭇거리더니 자기가 그 경우

1
6
8

랬다. 시설에서 살다가 스무 살에 독립해 사회복지를 공부하고 이곳에서 일한다고. 그러니까 나는 '보육원 출신 성인'이라는 추상적 인격을 상정하고 걱정인지 동정인지 모를 감정을 표출했는데, 그 실제 인물이 눈앞에 있었던 거다. 소매 걷은 흰 셔츠를 입은 이십 대 여자의 침착한 얼굴로.

한 움큼 부끄러움을 삼키며 나는 배웠다. 동정이든 차별이든 그 아래 깔린 근본 생각은 다르지 않다는 걸. 어떤 대상을 자기 삶의 반경에 없는 분리된 존재로 취급하는 것(고아들이 불쌍하다), 한 존재를 구성하는 여러 요소 중 특정한 면만 부각시켜 인격화하는 것(장애인은 무능하다), 자신은 결코 되지 않을 이질적 대상으로 상대를 보는 것(공부 안 하면 노숙인 된다). 하나같이 타자화하는 말들이다.

배울 일은 계속 일어났다. 장애여성들과 글쓰기 수업을 할 때다. 손 움직임이 불편한 학인이 A4 용지 두 장 분량의 과제를 제출했다. 구족화가처럼 발가락으로 자판을 두드렸을까? 어떻게 썼는지 물었더니 스마트폰 액정을 코로 눌러 글을 쓴 후 컴퓨터 문서에 옮겨 출력했단다. 난 또 놀랐다. 코로 글을 써요? 옆에 있던 활동가가 코로 게임도 엄청 잘한다고 일러줘 다같이 웃었다. 코로 글을 쓰는 그는 연극도 하고 아이도 키우고 강의도 한다. '장애의 이해'란 주제로 인권 교육을 나가는데, 사람들이 휠체어를 타고 말투가 어눌한 그를 강사보다는 딱한 장애인으로 보는 모양이다. 교육이 끝나면 다가와 꿈을 잃지 말고 살라, 얼굴은 예뻐서 다행이라고 말하거나 불쌍하다고 끌어안고 우는 사람도 있단다. 이 촌극 같은 상황을 두고 동정심만 키운 망한 교육이라며 그는 웃음을 머금은 채 말한다.

"내 인생이 그렇게 슬프진 않거든요."

안 보이는 사람의 나라가 있다. 삶에 대한 상상력이 직업에 대한 정보력을 넘지 못하는 수준이다 보니, 우리는 우리를 모르고 사람의 이야기는 사라져간다. 남성, 이성애자, 서울 출신, 명문대 졸업, 전문직 종사자로 표상되는 소위 정상적 삶의 서사는 매스컴으로 구전으로 맹렬히 유통되는 반면, 거기서 벗어날수록 삶의 서사를 구성하기가 어렵다. 장애여성 강사처럼 자기 경험과 생각과 감정을 말할 기회가 드물고, 겨우 말한다 해도 오해나 동정을 산다. 그런데 남에게 자기 얘기를 하지 않으면 사람은 자기를 알기 어렵고 사회에 자신을 위치지을 수도 없다. 말소된 존재가 되는 것이다.

아마도 사람을 단정하는 내 '꾸준한 고집'으로 눈앞에서 놓쳐버린 무수한 타인들이 있을 것이다. 다시 듣기를 시도한다. 저마다 처지와 형편과 고민을 말하고 듣고 상상하는 동안 서로의 존재 정착을 도우리라.

세 상 에 는 무 수 한 아 픔 이 있 다

지하철에서 소요했다. 이리저리 헤매면서 두어 시간을 보냈다. 취재였다. 고등학교 들어가면서부터 잠실에서 무악재까지, 3년간 매일 세 시간 가량을 지하철에서 보냈다. 지하철은 사춘기 시절 나의 자궁이었다. 지하철에서 수많은 책을 읽고 친구들과 수다를 떨었다. 그렇게 친숙하고 중요한 삶의 장소인데 '이용자'가 아니라 '관찰자'의 자리에 놓이니까 그 공간이 한없이 낯설었다. 개찰구 주변 저만치에 나처럼 서성이는 남자아이가 보였다. 열다섯 살 정도 되었을까. 얼굴은 검고 키가 작았다. 몸집이 왜소했다. 생기 없는 낮은 걸음걸이. 보라색 셔츠에 검은 넥타이로 멋을 냈는데 몇 개월 갈아입지 않은 옷 같았다. 후줄근했다. 내 맘대로 '가난한 아이'라고 규정했다.
　같이 취재를 간 수녀님이 대신 역무원에게 말했다. "저 아이가 아까부터 저기 있는데 차비가 없는 거 같아요." 역무원이 표가 없느냐고 물었더니 고개를 끄덕인다. 정말 가난한 아이였다.

역무원이 리모컨으로 원격 조종해 문을 열어줬다. 그 아이가 개찰구를 나가는 순간, 수녀님이 천 원짜리라도 줘야 하나 싶다면서 가방을 열려고 했다. 나도 같이 지갑을 꺼내는데 이미 문을 통과한 아이가 뒤를 잠시 돌아보고는 가방을 만지는 수녀님과 눈이 찌르르 마주쳤다. 아이는 어정쩡하게 1초 정도 몸을 이쪽으로 틀려다가 뒤돌아 진행 방향으로 총총 사라졌다. 나는 아이를 불러 세워서라도 줘어줘야 하는 건 아니었을까, 후회했다. 밥을 먹는데 아이의 애처로운 눈빛이 냉면 육수 위에 떠다녔다. 차비가 없으면 밥은 당연히 못 먹겠지. 편의점에서 혹 삼각 김밥을 훔치다가 걸려서 혼날지 모르겠다. 부모는 안 계시거나 아프시겠지. 관절염이 심해서 제대로 걷지도 못하는 할머니가 키우려나. 시설에 있는 아이가 뛰쳐나왔을까. 동정과 연민의 정념이 목에 걸린 가시처럼 내려가지 않았다.

며칠 후 빈곤에 관심이 많은 선배에게 의논이랍시고 말했다. 독거노인도 그렇고 태어나자마자 영아원에 맡겨지는 아이도 불쌍한데 나는 그중에서 청소년이 제일 마음 아프다고. 편의점에서 아르바이트를 하거나 중국 음식 배달을 하면서 노동착취를 당할 테고 한참 클 나이에 먹지도 못하고 공부할 나이에 배움에서도 소외되는 아이들. 최소한 기본권을 보장받으면서 길러져야 하는데 무슨 죄냐고. 그냥 속상하다고. 그랬더니 선배가 심상하게 말했다. "다 살아. 걱정 마라." 나는 그 아이를 내 마음대로 불행한 애라고 생각하지 않기로 했다.

존재라는 '물음'

비는 퍼붓고 거리는 캄캄했다. 을씨년스러운 토요일 오전 모란역 근처. 모란시장을 가야 했지만 무리였다. 이른 점심을 먹으면서 비가 그치기를 기다리기로 했다. 몇 개의 식당을 통과했다. 대부분 술안주를 파는 허름한 선술집이었다. 그중 가장 백반집 같은 간판이 붙은 '전주식당'을 택했다. 영업을 하려나. 나는 첫 손님이겠거니 조심스레 문을 열었다가 화들짝 놀라서 튕겨 나올 뻔했다. 동굴의 박쥐처럼 달려드는 눈동자들. 얼굴이 벌겋고 눈이 풀려 있는 남자들이 일제히 출입문 쪽을 쳐다보았다. 손님이 많았다. 테이블에는 빈 소주병과 맥주병이 촘촘히 놓여 있었다. 빨간 립스틱을 바른 아주머니가 앞치마에 손을 닦으면서 주방에서 나와 저기 앉으시라고 환대했다.

음산하고 기괴한 분위기. 나는 농촌 스릴러물에 나오는 잠입 형사처럼 구석에 앉아 눈치를 살폈다. 오전 11시에 저렇게 취하려면 최소한 10시부터는 마셨겠지. 주방의 분주한 손놀림과 아저씨들의 질펀한 자세가 비단 오늘만은 아닌 것 같았다. 참이슬로 속을 씻어내지 않으면 '처음처럼' 살아갈 수 없는 고단한 삶일까. 아저씨들은 그렇다 치자. 새벽에 인력시장에 나왔다가 일감을 못 얻고 열 받은 김에 한잔 할 수도 있다. 그런데 건너편 테이블의 인적 구성이 의아했다. 여덟팔자 눈썹의 순박한 중년 아저씨와 선량한 시민의 어머니 같은 아주머니, 그리고 블라우스와 스커트 차림의 긴 생머리 이십대 아가씨 둘. 그들은 소주와 아구찜을 먹다가 반도 더 남은 상태에서 또 샤브샤브를 추가했다.

테이블에 음식과 술이 넘쳤다. 아가씨들은 이마까지 술이 차올랐다. 화상 입은 것처럼 빨간 얼굴. 무표정했다. 술 마시면 더 괴롭거나 더 즐겁거나 둘 중 하나인데, 판단중지가 일어난 듯 보였다. 가장 설득력 있는 진부한 설정으로 술집 아가씨와 업주 사이라 하기엔 어딘지 느슨하고 어설펐다. 그렇다고 가족의 지겨움도 안온함도 없다. 여하튼 통속적이지 않았다. 드라마와 영화와 소설에서 변주되는 그 숱한 삶의 유형으로도 상상하지 못하는 것이 인간사다. 어쨌거나 다 살아간다.

세상에는 무수한 삶이 있다. 이 말은 세상에는 무수한 아픔이 있다는 뜻이다. 알고 싶은. 그러나 알 수 없는. 그래서 보고도 모르는.

넓 어 져   가 는   소 란 을
위 해 서

영화 〈환상의 빛〉 초반의 한 장면, 남편이 라디오 소리를 집중해
듣고 있다. 아내가 시끄럽지 않느냐고 묻자 남편이 답한다. "노인네
귀가 잘 안 들려서 크게 틀어놓은 거겠지." 알고 보니 옆집에 혼자
사는 할아버지가 틀어놓은 라디오 소리가 벽을 타고 넘어온 거였다.
이것은 분명 벽간 소음의 일촉즉발 상황인데 영화에서는 라디오를
공유하는 다정한 이웃 풍경으로 그려진다. 소리로 연결된 관계? 이
때부터 난 영화의 빛보다 소리가 귀에 감기기 시작했다.

　　배경은 기찻길 부근 주택가 가난한 동네다. 부부 사이에 아기가
태어났는데 〈기찻길 옆 오막살이〉 동요에 나오는 아기처럼 순둥순
둥 잘도 잔다. 공장에 다니는 남편은 기계 굉음으로 아내가 창밖에
서 기다리는 것을 보지 못하고 일에 매진한다. 퇴근 후 두 사람은 단

골 찻집에서 두런두런 대화를 나눈다. 삶이 순조로울 때 일상의 소리도 왕성하다. 그러나 남편의 돌연한 죽음 후 삶은 어둠과 적막이 깃들고 아기의 옹알이만 간신히 일상을 지탱한다. 남편의 부재로 음소거가 된 듯한 일상은 어항처럼 조용하다.

몇 년 후 아내는 재혼해 바닷가 마을로 거처를 옮긴다. 머리맡까지 파도 소리가 밀려오는 방, 두 번째 남편은 아내를 걱정하며 말한다. 처음에는 파도 소리 때문에 잠을 못 잘 수도 있다고. 아내는 적응을 위해 노력한다. 마루 계단 닦는 소리, 파 송송 써는 소리, 개 짖는 소리, 수박 씨 뱉는 소리가 무던한 일상의 신호음처럼 들린다. 그리고 전 남편의 기억을 불러오는 것도 유품이 된 자전거 열쇠의 방울 소리이고, 상실의 아픔을 치유하는 것도 아내가 스스로 터뜨린 처연한 울음소리다.

삶은 얼마나 많은 소리로 영위되는가. 돌이켜보니 난 삶이 서툴 때 세상이 내는 온갖 소리와 적대했다. 첫아이 육아기에는 기차 소리는커녕 "고장난 에어컨 테레비 컴퓨터 삽니다" 하는 무한반복 트럭 방송에 아기가 깰세라 쩔쩔맸다. 글이 안 써질 땐 놀이터의 아이들 떠드는 소리는 물론이고 집안의 텔레비전 소리, 화장실 물소리에도 신경이 곤두섰다. 이 세상의 모든 소리를 제거하고 싶은 난폭한 마음은 타자의 존재 부정이라는 과격한 상태로 치닫곤 했다.

영화의 전개처럼 내 삶의 계절도 바뀌고 있다. 아이들이 크고 복닥거리던 집안이 조용하고 그토록 갈망하던 일상 소음의 한복판을 벗어나는 지금, 난 뒤늦게 삶이 내는 소리와 화해하고 있다. 트럭 방송을 켜놓고 운전석에서 잠든 아저씨의 하루 매출이 걱정스럽고, 공

존재라는 '물음'

공장소에서 떠드는 아이들이 내뿜는 존재의 활기가 반갑다. 베란다를 타고 넘어오는 이웃집 부부 싸움 소리가 불안했는데 요즘은 외려 조용하면 불길하다. '사람이 과연 살고 있을까?'

"노란 꽃을 주세요, 넓어져 가는 소란을 위해서"라고 시인 김수영은 노래했다. 세상의 삐뚤어짐과 떠들썩함을 찬미하는 시구다. 가만히 있지 않고 부딪치고 충돌하고 어수선할 때 아까와는 다른 시간을 만들 가능성이 생겨난다는 것이다. 영화 〈환상의 빛〉은 비탈길을 자전거로 낑낑대며 올라가는 아빠와 아이들의 웃음소리, 그 넓어져 가는 소란을 길게 응시하며 끝이 난다. 아까와는 다른 시간이 펼쳐질 것임을 예고한다.

이웃집 라디오 소리를 즐겁게 받아들이듯, 때로 이유를 알 수 없는 죽음도 의연하게 받아들여야 하는 게 삶이라는 것을 일러주는 이 영화는 일상의 소란이 환상의 빛처럼 삶을 감싼다.

나 의   가 슴 은
이 유 없 이 풍 성 하 다

"지금, 파리는 새벽 1시 30분이고 남자친구도 강아지들도 다 잠이 들었어요. 공부하던 책을 내려놓고 멍하니 앉았다가, 잠 안 오면 한 잔씩 마시려고 사다둔 술을 병째로 마시고 있어요. 그러니까 새벽이고 술을 마셨으니까 감정적이어도 이해해달라고 자기 변명을 하는 중이에요. 아니 이렇게 해야 누군가에게 마음을 터놓을 수 있지 않을까 그런 쓸데없는 어리광을 부려보는 중이에요. 떠나… 온… 거 후회해요. 이제는 밤에 잠도 잘 이루지 못할 만큼. 왜 그때 떠나왔을까. 뭘 배우겠다고 떠나왔을까. 나 살던 공동체에서도 못 찾던 답이 여기에 있을 리 만무한데. 전 이제 비판 따위 할 자격도 없는 놈인 거 같아요.

언니는 자본주의가 뭐라고 생각해요? 소작농들의 처절한 1년 농사를 다 앗아가는 지주나 노동자들의 노동의 대가를 다 가져가는 부르주아나 다를 것도 없는 더러운 세상에, 그래도 신분제가 철폐되었다는 것이 역사의 진보였다고…… 언니, 한마디만 대답해주세요. 그럼 정말 믿을게요. 어떤 철학자의 말보다 어떤 혁명가의 말보다도요. 어제 홍대 미화원 노조에 쌀을 인터넷으로 사서 보내놓고 전 제 자신이 용서가 안 돼요. 나이라는 걸 먹으면 강해질 줄 알았고 강해지면 더 또렷해질 줄 알았는데, 스무 살이건 서른 살이건 한국이건 프랑스이건 저는 아직도 질문 외에는 할 줄 아는 게 없어요. 이젠 제 자신에 대한 분노로 비판도 너무 부끄러워서 잠을 이룰 수도 없어요.

생태 공동체건 유럽식 사회주의 복지사회건 모두 허울뿐임을. 설령 프랑스의 노동자가 잘 살고 한국의 노동자가 잘 살게 된들 남미의 농민이 가난한 세상이면 결국 아무 의미 없다는 걸. 왜냐하면 북반구 산업국가의 노동자들이 한때나마 임금이 올라 잘 살아도 그 구조적인 자본주의의 착취가 사라지지 않는 한 결국은 소용없는 일이라는 거. 내 공동체에만 억울한 이 없으면 끝날 일도 아니기에.

눈만 뜨면 정보라는 이 세상에, 1초면 이렇게 구만리를 넘어 글이 도착하는 이 세상에, 연대조차 못하는 우리가 태연하게 사회의 잉여물로 공부라는 걸 했다는 저 같은 것들이 아무것도 못한다는 것에……. 언니, 미안해요. 질문이라는 거 계속하면, 그거 답은 아니더라도 길은 보이겠죠? 그렇죠?"

"네 편지 읽으니 좋구나. 젊음이 느껴진다. 그런 고뇌, 그런 방황

나는 안 해본 지 너무 오래된 거 같아. 보수적이 되어가는 증거겠지. 자명한 것에 물음을 던지지 않는 것 말이야. 떠나온 것 후회되니? 난 태어난 것이 후회된다. 이 세계는 추악하고 나란 존재는 무기력하고. 요새 인생 최대의 슬럼프를 보내고 있단다. 서울은 한 달 넘게 영하 10도 날씨가 계속돼서 마흔을 넘긴 내 몸은 완전 땅으로 꺼지려 해. 그런데도 정치철학 강좌 듣고 왔어. 살을 에는 찬바람 맞으며 오지 않는 버스를 기다리면서 생각했지. 나는 왜 공부하는가, 무엇을 얻으려고 하는가, 남들처럼 무슨 학위 따고 연구자의 길을 갈 것도 아닌데…… 그냥 나의 갑갑함이겠지. 뭐라도 삶의 근거, 희망 나부랭이를 찾고 싶은.

산다는 것은 물음을 발명하는 일이지. 묻고 답하고 한평생 그러다가 가는 거야. 물음이 멈출 때 투쟁도 끝나겠지. 네 공부도 이제 1년 남았으니 좀 더 힘을 내렴. 일단 이루려던 목표는 이루고. 그곳이 서울이든 아프리카든 파리든 네 몫이 있을 거야. 혹시 공유정옥 씨 아니? 운동권 의대생 출신인데. 지금은 의사 그만두고 삼성 백혈병 노동자 도우면서 노동 보건 운동 활동가로 일하더라고. 그분을 보며 네 생각을 했어. 너도 의대 졸업해서 반도체 산업 노동자들을 위해 일하면 좋겠다 싶더라고. 국제 연대가 필요한 영역이기도 해서.

파리에 있으면서 홍대 노동자 아주머니들에게 쌀을 보냈다니 나보다 훨씬 낫구나. 난 집에서 가까운데 아직 못 가봤거든. 그런 나누는 마음에 의학적 지식까지 갖추고 있으면 네 앎과 삶은 넘쳐흘러 누군가의 삶에 가 닿겠지. 우린 다 연결돼 있으니까 말이야. 나는 이 세계를 덮고 있는 자본의 신을 벗어나 다른 삶의 척도를 발명할 수

존재라는 '물음'

있는 그런 삶의 공부를 하고 싶어. 근데 몸이 힘들고 아이도 둘이나 있고 머리는 안 돌아가서 괴로워. 그젠 남편이랑 싸웠어. 너도 알다시피 형부가 완전 순둥이인데 내가 외부활동이 많으니까 불편하고 싫은가보더라고. 가정을 이루고 사는 일도 힘겹고 공부도 그렇고 뭐 하나 쉬운 일이 없다만 그래도 피하는 건 비겁하겠다, 여길 극복하지 못하면 또 걸리겠다 그런 생각해.

네 고민들, 네가 회의하는 것들, 충분히 소중해. 현대정치 지형에서도 물음으로 채택한 것들이고. 그걸 잘 품고 농익혀서 살다보면 어떤 우발적인 기회로 사건은 다가올 테고 네가 무언가 하고 있게 될 거야. 떠나온 거 후회되는 마음, 충분히 이해한다. 유학 생활에 그런 위기와 갈등이 없을 순 없겠지. 결혼 생활도 마찬가지고. 나도 남편과 싸우고 펑펑 울었어. 삶은 늘 그래. 어디 빠져나갈 구멍이 없어. 외부가 없더라. 대단한 무엇 없이 소소한 일상으로 굴러가고. 마치 바다처럼 아무것도 대단한 게 없다는 점. 그게 삶의 놀라움이겠지. 너무 큰 물음 세워놓고 내가 작다며 자학하지 말고, 싸우는 노동자들한테 쌀도 보내고 서로 하소연도 하고 술도 마시면서 우리 그렇게 살자. 힘내렴. 술 먹고 인류 문제로 꼬장 부리는 후배도 있고, 나는 행복하다."

혁명은 안 되고 나는 방만 바꾸었지만
나의 입속에는 달콤한 의지의 잔재 대신에
다시 쓰디쓴 냄새만 되살아났지만

존재라는 '물음'

방을 잃고 낙서를 잃고 기대를 잃고

노래를 잃고 가벼움마저 잃어도

이제 나는 무엇인지 모르게 기쁘고

나의 가슴은 이유 없이 풍성하다

— 김수영의 시 〈그 방을 생각하며〉 부분

앵 두 와 물 고 기 , 함 께 있 음 의 존 재 론

집에서 물고기 구피를 키우는데, 점싹이라는 새끼 물고기 한 마리가 제법 커서 세 마리를 더 사다 넣었다. 그랬더니 꽃수레는 황점싹, 이등싹, 박납싹, 김홍싹 등등 무슨 고전동화에 나오는 첨지 같은 이름을 붙여서 아침저녁으로 밥을 주고 보살폈다. 구피 사총사는 더욱 날랜 몸놀림으로 물속을 유영했고 새끼를 순풍순풍 낳기 시작했다. 어른 네 마리, 새끼 스물여섯 마리. 총 서른 마리로 식구가 늘었다. 이 기적의 드라마. 총연출은 오롯이 꽃수레다.

　딸아이는 식탁에 잔멸치 볶음이 나오면 두 손을 귀에다가 나팔처럼 모으고 어항쪽으로 몸을 기울인다. 잠시 후, "뭐라고 점싹아? 엄마, 이 멸치는 점싹이의 사촌 형이래"라는 대사를 친다. 백화점 생선 코너에서 고등어를 보면 또 집에 있는 납싹이와 교신을 시도한다.

"이 고등어는 20억 년 전 죽은 납싹이 조상이래." 저녁을 먹고 나면 "엄마, 흥싹이가 배고파 죽겠대. 자기만 먹지 말고 나도 밥 좀 주래" 하고 물고기 밥을 꺼낸다. 이제는 새끼까지 생겨서 일손이 더 분주하고 말이 더 많아졌다. 수시로 어항을 들여다보는 바람에 그 작은 것들 몸통에서 지느러미가 나오고 꼬리가 생기는 아주 미세한 차이까지 잡아낸다. 핸드폰으로 동영상과 사진을 찍어 친구에게 자랑하고 납싹이의 옆모습, 앞모습, 뒷모습, 위에서 본 모습, 아래에서 본 모습 등 성장과정을 그림으로 남긴다.

꽃수레가 재미나게 구피를 키우는 것을 지켜본 딸 친구 한 명이 덥석 어항을 샀다고 했다. 우리 모녀는 그걸 구경하러 갔다가 《토끼전》에 나올 법한 대궐 같은 어항과 수초에 기가 죽어버릴 정도였다. 한 달 후, 친구네 물고기 이십여 마리가 몰살했다는 비보가 들려왔다. 우리는 새끼를 또 낳았다고 했더니 그 화려한 어항을 우리 집에 갖다주었다. 이틀을 방치하다가 수레의 등쌀에 못 이겨 납싹이들을 그 큰 어항에 옮기기로 했다. 어항이 커서 바가지로 물을 날랐다. 몇 번 왕복하니 귀찮아서 네 물고기니까 네가 물을 나르라고 떠넘겼다. "알았어, 내가 할게"라며 흔쾌히 바가지로 물을 나르던 꽃수레. 자기도 힘들었는지 바가지를 들고 쩔쩔매면서 푸념하듯 내뱉는다. "에휴. 납싹이들 죽기 전에 큰 집에서 호강 한번 시켜주려고 했더니 이렇게 힘이 드네!"

웬 할머니가 들어앉은 듯 구성진 대사에 나는 웃음보가 터졌다. 큰 집에 살고 싶은 자기 욕망을 투사하는 것처럼도 보였다. 꽃수레는 신바람이 나서 중얼중얼 납싹이와 활발히 교신했다. 나중에 작은 수족관을 운영하거나 작은 동물을 돌보는 아이의 모습이 그려졌다. 친정엄마가 화초를 아주 잘 키우셨다. 죽어가던 화초도 살려내던 엄마 덕분에 우리 집은 늘 식물원을 방불케 했고 동네에서도 '화초 잘 되는 집'으로 유명했다. 난 화초도 못 키우고 애완동물도 별로다. 사람 아닌 것에 좀처럼 마음을 주지 못하는 무정한 여인이다.

살아있는 존재를 돌보는 그 성가신 일을 즐기는 꽃수레. 딸아이는 2박3일 휴가 가서도 안절부절 납싹이들 다 굶어 죽으면 어떡하느냐고 수시로 근심이 서렸다. 속초에서 회를 먹을 때는 등싹이 증조할아버지의 친구 분이라며 애도를 표했다. 오빠한테 만날 똑같은 레퍼토리 반복하냐, 시시하니 지어내지 말라는 구박을 들어가면서도 꿋꿋하다. 옷을 입은 채 바다에 철퍼덕 앉아서는 납싹이 고향이라 더 아늑하다며 싱긋이 웃는다. 자기가 구피라도 된 양 물 속에서 파도에 밀려갔다 밀려오며 좋아라 했다. 모르는 사람이 봤으면 좀 '이상한 아이'로 보일지도 모를 대사들을 연신 남발해가면서. 꽃수레가 앞으로 얼마나 더 납싹이들과 대화를 나누고 물고기가 되어 바다에 몸 담글까를 생각하니, 잠시나마 아이 성적을 걱정하던 마음이 쏙 들어갔다. 자기 삶을 예술로 만드는 방편으로서의 공부라면 아이와 대화하면서 천천히 해나갈 수 있을 것 같았다.

2년이 흘렀다. 꽃수레의 지극한 돌봄으로 구피는 백여 마리로 증식했다. 어항도 두 개로 늘었다. 정말 번식력 왕성한 녀석들이다. 많이씩 태어나고 몇몇이 죽었다. 고만고만한 구피 무리에서 용케도 초기 멤버 네 마리를 찾아 안색을 살피던 꽃수레는 어떤 불길한 예감이 들었는지 파워포인트로 '납싹이가 늙어가고 있다'는 자료를 만

존재라는 '물음'

들기도 했다. 그리고 보니 그 녀석들이 어쩐지 생기를 잃어가는 듯도 보였다. 유행가 가사대로 왜 슬픈 예감은 틀린 적이 없는지. 며칠 간격으로 납싹이와 홍싹이는 운명을 달리했다. 딸도 울고 나도 울었다. 모녀가 등 돌리고 앉아서 휴지로 코 풀어가면서 눈물 훔쳤다. 구피의 평균수명이 2년이라 각오는 했지만 막상 죽으니 서운했다. 관행대로 제사를 지내주었다.

구피의 첫 제삿날이 떠오른다. 하루는 아주 작은 새끼가 죽자 딸아이는 제사를 지낸다고 수선을 피웠다. 식탁 위에 양초 켜고, 휴지로 싼 시신을 놓고, 물고기 밥을 접시에 소복이 담아 제사상을 차리고는 나더러 백팔 배를 같이 하자고 권했다. 얼떨결에 따라하면서 숨차고 웃기고 찡했다. 모녀의 몸뚱이가 접혔다 퍼지면서 거실 바닥이 채워졌다 비워졌다를 반복했다. 오십일 배…… 오십이 배…… 오십삼 배…… 물고기가 나를 향해 다가오고, 나는 그 다가옴에 응답한다. 마침내 사유 돋았다. 어항 물갈기가 귀찮다고 물고기 없던 시절로 돌아가길 바랐던 나의 게으름과 나태함을 반성했다. 내 안에 사는 것들이 다 사라지면 나라는 개체도 해체되겠구나. 인간은 항상 자기 아닌 자에게 열려 있을 수밖에 없구나 등등. 납싹이 새끼의 사망이 함께-있음의 존재론까지 뻗어가자 푸푹 웃음이 났다.

"엄마, 너무 작은 생명이 죽었는데 절하려니까 웃겨?" "아니, 아니……."

고 몰랑몰랑한 열매 속에
고 새빨간 살 속에

동글동글한 앵두 속에

돌보다 더 단단한 씨가 들어 있다.

그것을 알아야 한다.

그 연하고 부드럽고 고운

쬐꼬만 알 속에

야무진 진실이 들어 있다는 것을……

– 이오덕의 시 〈앵두〉 부분

존재라는 '물음'

3부　　　사랑이라는 '의미'

모든 사랑은 남는 장사다

지금은 간신히 아무도 그립지 않을 무렵

삼사십 대 남녀 다섯이 인사동에서 모였다. 전시를 끝낸 지인의 뒤풀이 자리다. 조곤조곤 수다 떨며 와인 한잔 마시는데 마흔 지난 남자가 물었다. "내 나이에 사랑을 하는 게 좋은 거야, 안 하는 게 좋은 거야?" 여자들이 개구리 합창하듯 답했다. "하는 게 좋지!" 능력 있음 연애해보라는 식이었다. 남자는 이내 도리질이다. 희생이 너무 커서 싫단다. 사랑하는 아내와 아이들을 아프게 하기가 미안하다고, 또 사랑해봐야 몸 섞고 나면 별거 없다고, 비 맞은 중처럼 중얼중얼 혼자 묻고 혼자 답하더니 마침표를 찍는다. 대체 왜 물어봤을까. 아니, 결론이 뻔해서 물어봤을 것이다. 오로지 물음의 행위를 통해서만 반짝 사랑의 감각이 살아나니까 그럴 것이다. 예정에 없던 나이를 갱신하며 혼란스럽고 무료하겠지. 그럴 때마다 머리 위로 굴러

떨어지는 사랑에 관한 자문자답의 바위를 굴릴 테고.

꿈도 희망도 사랑도 상실한 소시민의 일상은 19세기 소설 플로베르의 《마담 보바리》가 잘 보여준다. 단조롭기 짝이 없는 시골 생활, 평범한 생각밖에 못하는 우직한 남편을 혐오하는 주인공 엠마는 일상 탈출과 낭만적 사랑을 꿈꾼다. 레옹, 로돌프 등 외간 남자에게 몸과 돈을 다 바쳐서 사랑하다가 가산을 탕진하고 자살한다. 망상과 허영에 들뜬 채 불나방처럼 살다간 여인 엠마는 계몽적이고 계산적인 분위기가 팽배한 당대 부르주아 사회에서는 드물고 희귀한 캐릭터였다. 자기가 지핀 불같은 사랑에 질식당했지만 적어도 자기 삶을 욕망할 줄 아는 순정한 인물로, 플로베르는 "보바리 부인은 바로 나 자신이다"라고 했다.

《마담 보바리》는 출간 당시에 미풍양속을 해치는 악덕 소설이란 평을 들었다. 하지만 이 소설은 단순한 불륜 예찬 작품이 아니다. 그때나 지금이나 이 세상 여자들이 엠마처럼 살면 위험하다고 말하지만 누구나 마음만 먹으면 엠마처럼 살 수 있다는 가정 자체가 커다란 착각이다. 사랑에 투신하는 용기, 삶을 지탱시키는 열기는 아무나 갖고 있지 못하다. 계산적으로 사느라 용쓰는 동안 본래적 열정은 소실되었기 때문이다.

무모하게 살고 어리석게 사랑하는 엠마의 사랑은 소설 속 이야기일 뿐일까. 감정의 저울질과 자제가 가능하면 그게 사랑일까. 토론하는 동안 사랑에 관한 실화 사례 발표. 스모키 화장이 잘 어울리는 서른 살 큐레이터는 얼마 전 어떤 유부남에게 절절한 사랑 고백 편지를 받았다고 한다. 몇 통 오더란다. 그런데 일주일 후 "힘들어서 도저히 안 되겠다"는 이별 편지가 당도했다고 한다. 별안간 밀물처럼 밀려왔다 썰물처럼 빠져나간 그분이 안쓰러웠다는 연민의 말과 함께 그녀의 새초롬한 입에서 작은 한숨이 새어 나왔다. 곧 희미한 웃음을 흘린다. 귀를 쫑긋 세우고 듣던 우리도 왠지 허탈했다. 베스트극장 '예고편'에 그쳤다. 그분, 초기 감기도 아닌데 일주일 만에 똑 떨어진 걸까. 어쩐 좀 박한 느낌이다. 적어도 달이 차고 기우는 동안은 품을 일이지. 살면서 연애편지 쓰고 싶은 사람 만나기도 쉽지 않거늘. 하긴 그걸 알면서도 대개는 어찌하지 못한다. 과한 부지런함일까, 이른 현명함일까. 왜 우리는 생생한 아픔보다 시든 행복을 택하는가.

밤 한강을 지났다. 까만 융단으로 빛나는 강물이 예뻤다. 저 아름다운 흑빛 도화지에 아련히 맺히는 그리움이 있으면 좋겠다는 상상의 나래를 폈다. 너무 북적이는 것도 싫지만 한 사람만 크게 떠오르는 것도 좀 아깝다. 옛 노트에서 잠자는 이들은 기억조차 희미하다. 켜켜이 묵어가고 올올이 피어나는 얼굴 얼굴들. 강물에 손 빗금 그어 구획을 정해주고 싶다. 강물 분양권. 그대에게 내 그리움의 빛으로 떠오를 자격을 부여함. 음, 평생 몇 장을 발급할 수 있을까. 애매함으로 둘러싸인 우주에서 확실한 감정은 자주 오지 않는 법이라 했는데……. 내 품. 숱한 그리움의 모서리들로 가슴 터져 나가던 그때도 좋았지만, 시시하고 단조롭게 흘러가는 적막도 그리 나쁘지는 않다. 고요함과 나태함 사이. 지금은 간신히 아무도 그립지 않을 무렵. 그 숨죽인 시간을 산다.

그때 내 품에서는

얼마나 많은 빛들이 있었던가

바람이 풀밭을 스치면

풀밭의 그 수런댐으로 나는

이 세계 바깥까지

얼마나 길게 투명한 개울을

만들 수 있었던가

물 위에 뜨던 그 많은 빛들,

좇아서

긴 시간을 견디어 여기까지 내려와

지금은 앵두가 익을 무렵

그리고 간신히 아무도 그립지 않을 무렵

그때는 내 품에 또한

얼마나 많은 그리움의 모서리들이

옹색하게 살았던가

지금은 앵두가 익을 무렵 그래 그 옆에서 숨죽일 무렵

- 장석남의 시 〈옛 노트에서〉

사랑이라는 '의미'

사랑 절대로 하지 마

"자유로운 영혼 뒤에는 울부짖는 처자식이 있다." 넥타이 맨 사람보다 기타 든 사람에게 쉬이 매료되던 내게 선배가 해줬던 충고다. 연애 상대자의 미덕이 결혼하면 악덕이 될 수도 있다는 그 생활 격언에 따라 기타 치는 직장인과 결혼했고, 아이를 둘 낳았다. 가족제도 울타리에 들어앉은 나는 애 낳고 사는 일상이 갑갑할 때마다 영화나 문학 같은 삶으로 도피했다.

소설《마담 보바리》류의 몰락 서사는 늘 매혹적이었다. 사랑하다가 죽어버리는 인생이라니. 사진가 앨프리드 스티글리츠와 화가 조지아 오키프의 사랑은 또 어떤가. 여자는 아이를 원하지만 남자는 출산에 반대한다. 스물세 살 연상 남편이 '핏줄'을 거부하고 아내의 일을 독려하는 이국 문화는 낯설고 부러웠다.

여성이 책을 낼 수 없었던 19세기, 남편의 폭력에 못 이겨 애 둘을 데리고 이혼한 뒤 뭇 예술가들과 자유연애를 구가한 스캔들의 여왕이자 쇼팽의 뮤즈였던 소설가 조르주 상드에서부터 1930년대 파리지앵과 바람나서 이혼당하고 행려병자로 죽은 우리의 신여성 예술가 나혜석까지. 금기와 위반의 서사는 사랑, 자유, 욕망, 존엄 같은 큰 물음 앞에 나를 세워놓았다.

어설픈 몽상가 아줌마를 현실로 데려온 건 홍상수였다. 술과 말이 흥건한 그의 영화는 지적이고 자유로운 영혼을 가장한 울부짖는 중년 남자의 민낯을 전시했다. '불쾌한 사실을 직시하는 능력'을 가진 그의 영화를 난 꼬박꼬박 챙겼다. 그는 사랑의 위대함이 아닌 집착, 질투, 미련, 지배 욕망 같은 지지하고 시시하고 이중적인 감정들을 보게 했다. 사랑과 사랑 아닌 것을 자꾸만 생각하게 했다.

얼마 전 공개된 홍상수와 김민희의 연애 소식을 나는 스크린 바깥으로 흘러넘친 영화라고 보았다. 그들이 일에서 보여준 존재감 그대로다. 길들여지지 않는 눈빛을 가진 배우다웠고 영화와 현실을 뒤섞는 능청스러운 감독다웠다. 역시 어느 시대나 다르게 살 수 있는 사람은 다르게 사는구나 싶었다. 안전한 삶보다 모험적 사랑에 존재를 던지는 선택은, 지리멸렬한 관계의 파고를 넘는 평범한 삶만큼 존중받고 보존되어야 할 사랑의 역사가 아닌가.

일각에선 단죄 여론이 들끓었다. '전지적 홍상수 부인 시점'으로 접근한 기사들은 한 사람을 온전한 사랑의 주체가 아닌 작정한 가정 파괴범으로 지목했다. '나이 어린 년'은 어떤 이슈에서도 약자다. 실제로 아버지나 남편의 외도를 경험한 주변인들이 자신은 이런 사건

을 쿨하고 힙하게 받아들일 수 없음을 고백했다. 그들은 또한 가장의 부재로 생존에 위협을 느꼈던 자기 고통을 진술하고 남겨진 자의 아픔을 헤아려야 한다고 말한다. 자유로운 영혼 뒤에는 내적 성숙을 이뤄가는 처자식도 있는 것이다.

"EU도 해체될 것 같은데 우리는 해체 안 해?" 기타 치는 일보다 차트 보는 일에 골몰하는 남편이 묻는다. "언제든"이라고 나는 눙친다. 결혼도 이혼도 인연의 방편이자 나은 삶을 위한 선택이라고 여기면서도 삶의 관성을 깨지도 못하고 사랑의 물음을 놓지도 못하고 나는 살고 있다. 좋은 영화, 좋은 문학이 품어온 사랑과 자유의 가치가 일상의 문화 감각으로 승인되는 일은 요원할까.

합리성과 익숙함으로 최적화된 세상에서 인간 정신은 갈수록 쪼그라들고 있다. 그러니 기형도 시인의 시구처럼 "사랑을 목발질하며" 살아가는 희귀종들을 그냥 살게 두면 안 될까 싶다. 홍상수는 〈옥희의 영화〉에서 사랑 꼭 해야 하냐는 질문을 던지고 이렇게 답한다. "사랑 절대로 하지 마. 정말 안 하겠다고 결심하고 딱 버텨봐. 그래도 뭔가 사랑하고 있을걸?"

안전한 삶보다 모험적 사랑에 존재를 던지는 선택은,
지리멸렬한 관계의 파고를 넘는 평범한 삶만큼
존중받고 보존해야 할 사랑의 역사가 아닌가.

모 든   사 랑 은
남 는 장사 다

마르크스의 여자관계는 어땠을까. 마르크스가 무슨 면벽 수행하는 수도승도 아니고 학자에게 지고지순형 러브 스토리를 기대할 이유는 없다. 그저 궁금증의 발로다. 알아봤더니 부인 외에 하녀에게 낳은 자식이 하나 있었다. 마르크스의 공식 인정은 아니고 여러 정황에 따른 추측이다. 마르크스의 혼외자식설에 결정적으로 힘을 실어준 것은 마르크스가 죽은 후 그 아이를 엥겔스가 돌봐주었기 때문이란다. 이런 말들이 났으리라. "엥겔스가 돌봐주는 걸 보니 마르크스의 자식이 틀림없군!"

여기서 마르크스와 엥겔스의 깊은 관계를 추측할 수 있다. 두 사람은 40년이라는 물리적 시간을 공유하며 우정의 궁극을 실현했다. 방직공장 사장 아들로 태어나 부유했던 엥겔스는 늘 빚에 허덕이는

사랑이라는 '의미'

마르크스에게 매달 생활비를 지원해주는 스폰서 역할을 자처했다고 한다. 또 두 사람은 편지를 자주 주고받으면서 다양한 정치, 경제, 전략 전술 문제들을 토론하는 사상적 동지였다.

마르크스가 죽은 후 엥겔스는 국제 공산주의 운동을 이끌었고, 마르크스가 살아 있을 때 완성하지 못한 《자본론》 2권과 3권을 정리해서 출간했다. 둘은 《공산당 선언》 《독일 이데올로기》의 공동 저자이기도 하다. 엥겔스는 마르크스의 임종도 지켜보았다. 거기다가 '몰래한 사랑'의 자식까지 거둬주었으니, 엥겔스는 마치 친정엄마처럼 마르크스의 평생 AS를 담당한 셈이다. 이러한 이야기를 세미나 뒤풀이 시간에 나누는데 누가 탄식처럼 내뱉었다.

"아…… 나도 엥겔스 같은 친구가 있었으면 좋겠다."

아마 모든 이의 로망일 것이다. 고흐에게 테오가 있고, 마르크스에게 엥겔스가 있고, 소설 《오래된 정원》에서 사회주의자 오현우에게 숨겨주고 재워주고 먹여주고 몸도 주는 한윤희가 있었듯이, 물심양면 아낌없이 주는 나무 같은 사람을 평생 곁에 두는 것 말이다. 방법이 아주 없진 않다. 어디선가 날아오는 화살 같은 말. "먼저 엥겔스가 되어주세요. 그럼 엥겔스 같은 친구가 생길걸요."

정답이다. 이론적으로 생각해봐도 그렇다. 너도 나도 자기가 마르크스인 줄 알고 엥겔스만 기다린다면 영혼의 짝을 만날 확률은 희박하다. 마르크스는 김나지움(독일 고등학교) 졸업논문에서 이미 "인류의 해방과 행복에 기여할 것임"을 표명하고 치열한 자세로 살아왔다. 그런 사람을 알아보려면 같은 층위를 맴돌아야 한다. 같은 지평에 머물리야 한다. 그래야 마음의 길이 열리고 생각이 통하여 서로를 보듬고 키울 수 있다. 마르크스는 엥겔스를 만들고, 엥겔스는 마르크스를 만드는 선순환이 일어난다.

한 후배의 고민을 듣고는 엥겔스 이야기가 떠올랐다. 서른을 넘긴 그녀는 지난해 자궁내막암 수술 후 완치됐다. 느닷없는 발병에 힘들어했으나 잘 이겨냈고, 직장에도 복귀했다. 매일 아침 긴 생머리 찰랑거리며 출근 준비를 서두르는 건강한 직장인으로 돌아갔다. 그런데 투병 중에 동병상련의 위로를 많이 받았던 암환자동호회 번개 모임을 나갔는데 거기서 한 청년이 좋아한다며 고백을 해왔다는 것이다. "와, 그래? 네 미모 죽지 않았구나! 잘됐네." "나도 기분이 좀 좋긴 했는데…… 언니, 나 이런 생각 웃기고 이기적인 거 아는데 아픈 사람 싫다." "음. 그래, 너도 힘들었으니까 아픈 사람 만나기 두렵겠지. 위로받고 싶은 마음 이해해."

나라도 우선은 그랬을 것이다. 그런데 달리 생각해볼 여지는 있다. 일단 대한민국은 남자 품귀다. 언젠가 술자리에서 괜찮은 남자는 죽었거나 게이거나 유부남이라는 우스갯소리를 들었다. 일정 정도의 진실이 내포된 진단이다. 내 주위에도 괜찮은 싱글 여성은 많은데 남성은 없다. 이런 판국에 암 투병 병력을 사랑으로 품어주고 핏줄 타령 안 하고 아이 입양해서 키우는 데 동의할 대인배를 만날 가능성은 희박하다. 엥겔스를 만날 확률처럼 말이다. 오직 한 길, 내가 엥겔스가 되는 수밖에 답이 없다. 즉 후배의 경우라면 나를 감싸줄 영혼의 짝을 만나기 위해선 내가 누군가의 아픔을 마음 다해 감싸줘야 한다는 얘기다. 내가 좋아하는 말대로 슬픔이 슬픔을 구원한다.

그런데 차마 말 못했다. 그 고백남이 뇌종양이란다. 드라마 찍으

사랑이라는 '의미'

라고 하기엔 이제 막 몸 추스른 후배에게 가혹한 일이다. 또 순애보가 쓰고 싶다고 써지는 것도 아니다. 끌리지도 않는 사람이랑 억지로 연애하라는 게 아니다. 다만 고백남 문제를 떠나서 사랑에 대처하는 자세를 전향적으로 사유할 필요는 있다. 왜냐하면 서른 넘으면 연애 현역 기간이 그리 길지 않다. 마음의 창을 활짝 열어두어야 빛과 바람과 사람이 드나든다. 현실계에서 사랑의 감정을 작동해보고 연애 감각을 키우는 훈련은 중요하다. 감성의 샘이 마르지 않도록 부지런히 펌프질해야 마음의 온도가 맞고 인식의 전류가 통하는 좋은 반려자를 만날 수 있다. 그래서 실은 후배에게 이렇게 말해주고 싶었다.

"우리가 먹은 카페라테 거품처럼 부드럽고 치즈 케이크처럼 촉촉하고 달달한 사랑을 기다리면, 사랑은 영원히 없다. 네가 누군가의 삶을 품고 응원해주는 방법으로 건강한 사랑을 창조해봐. 현실을 회피하고 관념으로 차단하면 기회는 점점 줄어들어. 이혼한 사람, 아픈 사람, 돈 없는 사람을 사랑하면 힘들 거라는 건 어디까지나 생각이고 추측이고 통계야. 현실로 돌파해보면 그 안에 다른 진실이 있을지도 몰라. 니체도 그랬거든. 퇴화는 베푸는 영혼이 없는 그런 곳에서 일어난다고. 모든 사랑은 남는 장사다. 나는 이 명제 열렬히 지지한다."

쓰 면 뱉 고
달면 삼키는 거지

사랑하는 일을 왜 사과해야 하는지 모르겠다. 영화에서 그런 설정
이 많이 나온다. 다른 사람을 사랑해놓고 배우자 혹은 애인에게 눈
물을 흘리며 속죄의 발언을 한다. 난 그것이 못마땅하다. 사랑을 하
지 않을 수 있었는데도 사랑했다는 것인가? 이것은 사랑에 대한 모
독이다. 사랑의 자유 의지를 전제하는 것이다. 맹금류가 양을 잡아
먹지 않을 수도 있었다는 얘기와 같다. 동의할 수 없다. '그 잔인'은
아무 죄가 되지 않는다. 흔한 비유로 사랑은 교통사고처럼 닥치는
사건이다. 신호를 준수하고 횡단보도 정가운데로 조심스럽게 건너
도 사고가 나려면 어떻게든 나지 않나. 모든 사랑은 어찌할 수 없이
사랑할 수밖에 없다. 선택 불가. 일단 수용한 후의 감정 조절이 있을
뿐이다. 안 당하면 화평하고 무난하게 사는 것이고 당하면 폭풍이

한차례 덮치는 것이다. 몰락도 나쁘지 않다.

　이런 얘길 하면 누군가는 꼭 묻는다. "네 남편이 그래도?"라고. 마음 같아선 그의 사랑을 존중해주고 싶다. 한때나마 뜨겁게 사랑했던 남자가 남편이다. 그에게, 다시는 사랑은 가능하지 않다고 전제하는 게 나로서는 더 쓸쓸하다.

　"난, 사랑은 교통사고가 아니라고 생각해." "그럼 피할 수 있다는 거?" "응." "음. 그래, 어떤 점에서 그런지 더 설명해줘." "주체는 자기 의지와 윤리적 선택에 따라 형성되는 거잖아. 먼저 결정돼 있는 게 아니고." "그래도 싫은 사람을 억지로 사랑할 수는 없잖아." "좋은 사람도 사랑하지 않을 수 있어. 나는 어떤 남자한테 굉장히 빠졌거든. 그때 외로워서 그랬던 것 같아. 보기만 해도 가슴이 뛰고 침이 꼴딱꼴딱 넘어가는 거야." "왜? 섹스하고 싶어서?" "응. 근데 뻔히 보였어. 굉장히 강하고 복잡한 사람이었어. 저 사람을 사랑하면 내가 고통으로 몸부림치겠구나." "복잡한 사람 사랑하면 지옥이지." "엄청 참았어. 지금 생각해도 잘한 것 같아. 사랑하지 않은 건." "난 그렇게 이성이 판단하기 이전에 몸이 저지르는 사건이 사랑이라고 생각하는데. 의지나 결심마저 무화시키는 소용돌이. 어떤 격정." "그런 거 없어. 다 자기의 판단과 선택이야."

　홍상수의 〈옥희의 영화〉는 사랑, 술, 예술로 얼개를 짰다. 집요한 반복. 능란한 변주. 남루하고 능글맞고 쓸쓸하고 유쾌하다. 하루에도 그렇게 몇 번씩 만났다 헤어지는 것들에 관한 이야기. 사는 동안 많은 일들이 반복되면서 또 어떤 차이를 갖는 게 인생이라고 홍상수는 얘기한다. 군더더기 없고 깔끔하다. 사과처럼 시큼한 사랑 이야기가

스크린에서 붉게 두근거린다. 이 세계의 비밀을 자기만의 언어로 심상하게 풀어내는 그가 훌륭하다. 이번 영화는 스태프 네 명에 오천만 원의 제작비를 들여 만들었다고 한다. 이전 작품보다 더 저예산에 더 즉흥적으로 제작한 실험적인 영화였다. 그런데도 앙상블이 뛰어나다. 묘한 울림과 야릇한 애상을 자아낸다. 옥희 역의 정유미가친구에게 이렇게 말하는 대목이 있다. "학교에 무슨 약 탔나봐? 요새, 다들 나 좋다고 난리다. 난리." 킥킥 웃었다. 나는 홍상수가 영화에 약 탄 거 같다.

홍상수는 사랑을 교통사고라고 생각할까. 그런 것도 같고 아닌 것도 같다. 운명처럼 다가오는 사랑의 숭고함을 말하지 않고 신발처럼 일상의 맨바닥을 지탱하는 소모품 같은 사랑을 얘기한다는 점에서 교통사고는 아니다. 그러면서도 그 사랑이, 합리적 판단을 거치지 않고 감정 중추로 바로 이어진다는 점에서는 또 본능적이고 실재적이다. 그러니까 사랑을 피할 수 있느냐 없느냐가 아니라 그 달콤한 충동을 왜 피하냐고 묻는 것으로 보인다. 아니, 번개처럼 이미 와있는 사건으로서의 사랑을 얘기한다. 니체가 "천국이란 새로운 생활방식이지 신앙이 아니다"라고 가르쳐주었듯이, 속물 대마왕 홍상수가 사랑의 사이비 신도였던 나를 일깨운다. 사랑이란 새로운 생활방식이지 신앙이 아니다.

네가 죽어도 나는 죽지 않으리라 우리의 옛 맹세를 저버리지만 그때는 진실했으니, 쓰면 뱉고 달면 삼키는 거지 꽃이 피는 날엔 목련꽃 담밑에서 서성이고, 꽃이 질 땐 붉은 꽃나무 우거진 그늘로 옮겨가지 거기에서 나는 너의 애절을 통한할 뿐 나는 새로운 사랑의 가지에서 잠시 머물 뿐이니 이 잔인에 대해서 나는 아무 죄 없으니 마음이 일어나고 사라지는 걸, 배고파서 먹었으니 어쩔 수 없었으니, 남아일언이라도 나는 말과 행동이 다르니 단지, 변치 말자던 약속에는 절절했으니 나는 새로운 욕망에 사로잡힌 거지 운명이라고 해도 잡놈이라고 해도 나는, 지금, 순간 속에 있네 그대의 장구한 약속도 벌써 나는 잊었다네 그러나 모든 꽃들이 시든다고 해도 모든 진리가 인생의 덧없음을 속삭인다 해도 나는 말하고 싶네, 사랑한다고 사랑한다고…… 속절없이, 어찌할 수 없이

- 함성호의 시 〈낙화유수〉

사랑이라는 '의미'

사랑이란
새로운 생활방식이지
신앙이 아니다.

그 대 라 는
대 륙

나를 키운 팔 할은 오빠들이다. 열아홉 이후에는 늘대 소굴에서 살았다. 그들을 남자로 보았을 리 만무하다. 사랑과 우정 사이에서 갈등을 일으킬 여지도 없었다. 성적인 것에 무지했다. 순결 이데올로기가 내면화된 줄도 모른 채였다. 당시 내게 남자란 이성理性. 다른 성별이 아니라 합리적 존재였다. 같이 있으면 말도 통하고 배우는 것도 많고 즐거웠다. 좋은 사람의 좋은 기운에 끌렸고 그들도 나를 여동생처럼 예뻐했다.

가장 따랐던 선배 A. 그는 나의 사수였다. 본격적으로 학습하기 위해 몇 개월간 토요일에 그의 집을 드나들었다. 녹두판 세계철학사를 읽고 묻고 답하고 정리했다. 영화를 보면 과외 선생님이랑 정분이 나기도 하던데 그런 일은 일어나지 않았다.

선배 B랑은 친했다. 요즘 같은 장마철이었다. 아침에 짐을 꾸려서 나왔는데 지방 분회 방문이 취소됐다. 집에 들어가기 아까웠다. 친구랑 밤새워 놀고 싶었다. B에게 전화를 걸었다. "오늘 나 거기서 자도 돼?" 과년한 처자가 겁도 없는 게 아니라 그땐 자연스러웠다. 노보를 만들다가 원고가 틀어질 때 전화하면 바로 글 한 편을 생산해서 보내주곤 하던 선배. 시랑 음악을 좋아했다. 여러모로 나랑 죽이 잘 맞았다. 자취방에 갔더니 책이 엄청 많았다. 얇은 영어 잡지로 싸고 비닐로 또 덮은 시집에 손이 갔다. 책장을 넘기자 군데군데 반듯한 줄이 쳐 있었다. 그 시집을 그가 선물해주었다. 지금도 가끔씩 들춰보며 그 밤을 떠올린다. LP판을 틀어놓고 시집을 읽었다. 그가 성장기 앨범을 보여주었다. 고등학교 때 친구들이랑 찍은 사진과 가족사진 얘기가 좀 지루했던 기억이 난다. 밤새 이야기를 나누다가 동틀 무렵 스르르 잠이 들었다. 방이 좁았다. 나는 쿨쿨 잤는데 그도 단잠을 잤는지는 모르겠다. 다음 날 비가 왔다. 우산 하나 같이 쓰고 아침을 먹으러 가는데 그가 자연스럽게 내 어깨에 손을 둘렀다. 에로틱한 포즈였으나, 야릇하기보다 오롯했다.

선배 C는 길동무였다. 집 방향이 같았다. 일주일간 강원도 절에 들어가서 한방에서 지내면서 사소한 불장난도 일어나지 않았다. 회사 통근 버스에서 D선배와 손잡고 기대어 자는 꼴을 자주 보이는 바람에 사내에 스캔들이 좀 돌았지만 괘념치 않았다. 나중에 청첩장을 돌렸을 때 동료들은 신랑이 D가 아닌 것에 의아해했을 정도다. 그러니 나는 무성적인 존재였던 거 같다. A, B, C, D, E, F…… 여러 오빠들과 적절히 친밀한 관계를 구축했지만 보건복지부 제작 청소년 드라마도 이보다 더 건전할 순 없었다. 어쨌거나 C가 몇 년 뒤 남편이 되긴 했지만, A와 B가 그랬듯이 예정에 없던 일이었다.

모든 남성들이 육체적 관계를 배제(유보)한 감성 동맹을 원치는 않았다. 한강을 좋아하던 나는 야밤에 고수부지까지 따라가서 희희낙락 수다 떨던 참에 입맞춤을 당할 뻔한 경우도 있었다. 심지어 자기랑 같이 자고 싶었던 거 아니냐고 물어오는 놈도 있었다. 기겁을 하고 도망갔다. 남녀 관계의 상상력이 부족한 그들과는 즉각 단교했다. 그런데 언젠가 포털 뉴스에서 "여자가 새벽 3시까지 같이 있으면 동침을 허락하는 것"이란 통계치 기사를 보고서야 20년 전 내 행위의 과실을 알아차렸다.

영화에서는 남녀가 자연스럽게 여관을 자주 가더라만, 난 그들을 육체적 쾌락에 눈먼 속물이라며 혀를 찼다. 옷깃만 스쳐도 성기 결합만 떠올리는 수컷들이 그렇게 한심할 수가 없었다. '잘 알지도 못하면서' 섹스 지상주의에 반기를 들었다. 상대를 쓰러뜨려 눕히지 않아도 남녀는 참숯처럼 뜨거운 밤을 새울 수 있고, 섹스는 정말 진짜 사랑하는 사람이 생기면 그때 해야 한다고 믿었다. 무겁고 엄숙했다. 꼭 천국을 기다리는 사람처럼 사랑을 꿈꿨다. 성인 남녀 사이에서 예측 가능한 반응인데 살을 더듬는 남자를 흉악범 취급한 것도 조금은 미안했다. 성욕으로 영토화된 신체도 문제지만 고슴도치처럼 중무장한 신체도 정상은 아니었다. 나는 성적 자기 결정권을 갖고 살았다고 생각했는데 아니었는지도 모르겠다. 나의 욕망은 80년대 시대정신과 사회규범에 의해 닫혀 있었다. 국민 여동생은 공백 없이 엄마가 됐다. 꽃다운 나이에. 그리고 엄마로 산다는 것. 그것은 무성적 존재로 살아가는 성모 지위에 보모 역할을 부여받는 일이었다.

칙칙하고 까칠하던 홍상수 영화가 부드럽고 유쾌해지면서 나도 변해간다. 〈하하하〉를 배꼽 잡고 보면서 부러운 거다. "아, 그동안과 비교도 안 되게 진짜 좋다, 여자는 사랑하는 사람 아니면 못 자요" 하는 문소리의 앙큼한 고백. 사귀던 남자와 헤어지자마자 옛 애인에게 바로 전화하는 1초의 망설임도 없는 태도. 가벼움. 솔직함. 얽히고설킨 구질구질한 관계. 너절한 정념의 연쇄. 그것이 사랑임을 나는 인정한다. 돌아보면 주위가 인연의 꽃밭이었다. 황지우 시인의 시구대로 "얼마간의 고통(굴욕)을 지불해야 지나갈 수 있는 길"일 뿐이다. 더 아프거나 덜 아픈 사랑이 있을 뿐, 그리 대단한 사랑은 없다.

삶이라는 극지

그대라는 대륙

목표도 없이, 계획도 없이 그대를 여행하는 것이 이번 생
을 횡단하는 나의 본질적 계획이었네
- 박정대의 시 〈사랑과 열병의 화학적 근원〉 부분

그 와   말 하 는   법 을
잊 어 버 렸 다

우리가 첫 만남을 가진 날, 대화의 주제가 '첫사랑'이었다. 신천역
새마을시장 포장마차. 그는 첫사랑의 여자와 7년 연애 끝에 헤어졌
으며 독신으로 살 거라고 말했다. 사랑하던 여자가 부모 의견에 따
라 다른 데로 시집을 가버렸으니 혼자 살면서 지순한 사랑을 지키고
싶은 눈치였다. 근래 보기 드문 순정파 남자가 귀엽고 참신하게 다
가왔다. 여자보다 남자가 더 편하고 커피보다 술이 더 좋았던 나는,
여러모로 관계 진전의 부담이 전혀 없는 그와 자주 만나고 있었다.
마셔도 취하지 않았다. 편안한 술친구로서 주거니 받거니 하며 술병
의 높이에 비례해서 돈독한 파트너십을 구축했다. 심지어 단둘이 일
주일 간 강원도 절로 여행을 가서도 해와 달이 된 오누이처럼 한방
에서 도란도란 얘기만 나누었다. 해 뜨면 밥 먹고 공부했다. 레닌의

사랑이라는 '의미'

《무엇을 할 것인가》와 《강철군화》 같은 책들을 읽고 토론했다. 손 한 번 잡지 않았기 때문에 아무 사이가 아니라서 그에게 못할 말은 없었다. 그렇게 두 해를 넘겼다. 우리의 이상한 우정은 결혼과 동시에 이상하게 끝났다.

그와 더는 술을 마시지 않게 됐다. 가족의 배치에서는 알코올의 향이 닿지 않았다. 그래서 우리는 신혼 때 서로에게 사기 결혼이라고 정의내렸다. 술이 끊기자 말도 끊겼다. "술은 말의 예비자이며 말의 부피를 불리는 희안한 공기이다"라고 평론가 김현은 말했으니 그와 말하는 법을 잊어버린 것은 당연했다. 아니 어쩌면 우리는 평생 나눌 얘기를 '우정의 기간' 동안 이미 나누었는지 모른다. 새삼 그가 궁금하지도 않았고 다행히 그 역시 나에게 꼬치꼬치 묻지 않는다.

나의 니체에 대해, 나의 눈물에 대해 그는 잘 모른다. 내가 공부하러 가는 날, 공연 보러 가는 날, 친구 만나는 날만 챙긴다. 아이들을 위해 일찍 귀가해야 하므로, 안다. '능력에 따라 생산하고 필요에 따라 가져가는' 공산 부부라서 행복하다. 그가 나를 속속들이 알고자 했다면 난 조개처럼 침묵하지 못했을 것이다. 끝내 하지 않은 말 간직하지 못했을 것이다. 인간의 저마다의 감춰진 깊이를 가늠해보지 못했을 것이다.

결혼을 한 뒤 그녀는 한 번도 자기의 첫사랑을 고백하지 않았다. 그녀의 남편도 물론 자기의 비밀을 말해본 적이 없다. 그렇잖아도 삶은 살아갈수록 커다란 환멸에 지나지 않았다. 환멸을 짐짓 감추기 위하여 그들은 헤아릴 수 없이 많은 말을 했지만 끝내 하지 않은 말도 있었다. 환멸은 납 가루처럼 몸속에 쌓이고, 하지 못한 말은 가슴속에 암세포로 굳어졌다.

환멸은 어쩔 수 없어도, 말은 언제나 하고 싶었다. 누구에겐가 마음속을 모두 털어놓고 싶었다. 아무도 기억해주지 않는다면, 마음 놓고 긴 이야기를 할 수도 있을 것 같았다.

때로는 다른 사람이 비슷한 말을 해주는 경우도 있었다. 책을 읽다가 그런 구절이 발견되면 반가워서 밑줄을 긋기도 했고, 말보다 더 분명한 음악에 귀를 기울이기도 했다. 그러나 끝까지 자기의 입은 조개처럼 다 물고 있었다.

오랜 세월을 끝없는 환멸 속에서 살다가 끝끝내 자기의 비밀을 간직한 채 그들은 죽었다. 그들이 침묵한 만큼 역사는 가려지고 진리는 숨겨진 셈이다. 그리하여 오늘도 우리는 그들의 삶을 되풀이하면서 그 감춰진 깊이를 가늠해보고, 이 세상은 한 번쯤 살아볼 가치가 있다고 믿는다.

- 김광규의 시 〈조개의 깊이〉

사랑이라는 '의미'

그 가 　 누 웠 던 　 자 리 에
누 워 본 다

독거 친구들이 불 꺼진 집에 혼자 들어가기 싫고 집에 들어가면 외로움을 달래려 텔레비전부터 켠다고 했을 때, 나는 불 꺼진 집에 들어가는 게 제발 소원이라고 했다. 진짜다. 동굴처럼 컴컴한 어둠이 기다리는 곳, 체온으로 덥혀지지 않아 풀 먹인 이불 호청처럼 약간 서늘한 공기로 세팅된 공간에 들어가서는 오디오랑 스탠드 켜고 한 시간 정도 넋 놓고 앉아 있어도 아무도 말 시키는 사람 없고 아무 일도 일어나지 않는 그런 고즈넉한 일상을 살아보고 싶었다.

　나는 자취, 유학, 긴 여행 등 단독 거주 기회가 전무했다. 서울내기에다가 결혼 전에는 엄마 아빠 오빠가, 결혼 후에는 남편 아들딸이 집에서 24시간 365일 번갈아 대기상태였다. 군집 동물인 인간이 혼자 고립되는 것도 위험하겠지만 늘 누군가와 동거해야 하는 것도,

사랑이라는 '의미'

길어지면 미칠 노릇이다. 그렇게 40년 외길인생. 미치지 않고 얼굴에 그늘이 없다는 말을 듣고 살긴 살았는데, 그런 나의 인성에 하자가 있다는 사실을 최근에 알았다. 바로 외로움에 무지하다는 것.

일찍이 나는 "외로우니까 사람이다"라는 시구로 유명한 〈수선화에게〉를 줄줄 외우며 외로움을 학습했다. "난 네가 바라듯 완전하지 못해. 한낱 외로운 사람일 뿐야." 들국화의 노래 〈제발〉을 따라 부르며 가슴 깊이 외로움을 새겼다. "여자에게 독신은 홀로 광야에서 우는 일이고 결혼은 홀로 한 평짜리 감옥에서 우는 일"이라는 신현림 시인의 시구에 크게 공감하며 외로움을 인식했다. 외로움, 그거 삶의 조건이니까 발버둥치지 말고 안고 가라고 지인들에게 무시로 충고하며 외로움을 일반화했다. 무림 고수처럼 굴면서 외로움을 꽤나 여유롭게 다뤘다.

그런데 요즘 외롭다는 대사가 별스럽게 들린다. 가령 후배랑 대화하다가 네 남자친구한테 뭐 좀 물어보려고 문자를 보냈는데 답이 없다고 했더니, 자기도 그 애한테 다정한 문자 한 번 받아본 적이 없단다. 근데 왜 만나느냐고 물으니 "그냥 외로우니까 만나죠" 한다. 또 헤어진 남친과 다시 만나는 친구에게 왜냐고 물으니 "아침마다 출근시켜주고, 주말에 특별히 할 일도 없고, 그냥 외로워서 만나" 그런다. 동거남이랑 헤어진 후배는 평소 그 강인함은 어디 가고 외로워 죽겠다며 날개 다친 새마냥 엎드려 지낸다. 영화 〈은교〉에서 은교는 말한다. "여고생이 왜 남자랑 자는 줄 아세요? 외로워서요."

자몽처럼 쓰고 시큼한 분홍즙이 나올 것 같은 말. 저 외로움의 실체가 뭘까. 내가 그동안 알았던 외로움은 외로움이 아니었을지도 모르겠다는 생각이 들었다. 몇 년 전 크리스마스 이브의 사건이 떠오른다. 식구들 다 잠들고 나만 홀로 덩그마니 남았는데 마음이 울렁거리고 답답했다. 시계를 보니 새벽 2시. 집 앞 포장마차에서 순대볶음 육천 원어치랑 소주를 사다가 마시는 초유의 궁상 사태를 연출했다. 그냥 뭔지 모르게 사무쳤다. 이 고요한 밤 거룩한 밤에 나는 왜 혼자인가. 아니, 나는 왜 혼자일 수 없는가. 한 평짜리 감옥을 한숨으로 채웠다. 그게 외로움이었을까. 그렇다면 나는 외로울 때조차 감정에 몰입하기보다 소낙비 피하듯 도망쳤다고 분석했다. 한국 사회에서는 결혼 제도가 친밀성의 장을 독점하기 때문에 외로운 거다, 이게 다 결혼 때문이라는 구조적인 비판으로 정리했다. 당하면 외로움이고 선택하면 고독이라고. 외로움 따위의 수동적인 정념에 휘말리지 않음을 뿌듯해했고 자주적인 여성으로서 우아한 고독자 되기를 동경했다.

사랑과 외로움을 가르마처럼 분리해서 사고했다. 외로워서 남자를 만나는 건 사랑에 대한 모독이며, 홀로 선 둘이서 같은 곳을 바라보는 게 참다운 사랑이고, 외로운 사람끼리 질척거리는 정서 예속 상태는 비루한 사랑인 거다. 연애 근본주의자인 나에게 사랑은 인간 외적 영역에서 구현되는 이념에 가까웠는지도 모른다. 헌데 저 날것 그대로의 외로움 발언대를 생중계로 듣고 나니 꽉 짜였던 사고의 틀이 흔들린다. 다른 이유 아무것도 아니고 외로워서 한 사람을 만나고 외로워서 둘이 살아가는 인생이 무에 그리 문제일까 싶고, 그게 아니라면 또 무에 그리 대단한 이유가 있을까 싶다. 그러니까 비듬 같이 정결치 못한 감정쯤으로 여기고 행여나 달라붙을세라 몸에서 털어내기 바빴던 외로움을 응시하는 단계를 지나면서, 고독의 향유자는커녕 외로운 단독자조차 제대로 되어보지 못한 나의 누추함을 본다. 가부장제 질서에서 고독을 확보할 용기도 능력도 부족한 나로서는 심보선 시인의 시구대로 "나는 가만히 있고 집이 멀어져서"라도 외로움을 당해보고 싶기도 하다.

"늙은 의사가 젊은이의 병을 모르"듯이 외로움을 몰랐던 시절을 반성하는 요즘. 호기심이 넘쳐 사람들한테 실없게 물어보고 다닌다. "어떤가요. 그대 외로운가요?" 비혼 선배한테 물어봤더니 흐리게 웃는다. "그런 거 몰랐는데 작년부터 몸이 여기저기 안 좋아지니까 외롭더라. 간사하게." 예전 같으면 배우자가 간병인이냐며 실용주의를 비난했을지도 모를 일이다. 이제는 가만히 고개를 끄덕인다. 외로움이 자기 보존에 기여하는 중차대한 감정이구나 생각한다. 인간을 사색하게 한다는 점에서 야만에서 구제하는 요소이고, 관심을 타자에게로 향하게 한다는 점에서 겸손하게 만드는 동력이다. 물론 그 외로움이 지나치고 사무치면 자기 파괴에 이르기도 한다는 사실을 잊지 않는다. 찾아오는 나비 한 마리, 바람 한 점 없어서 외롭게 죽어간 이들을 슬퍼하면서, 변변히 외롭지 못했음을 정신의 자유로운 결단이었다고 믿었던 날들을 부끄러워하면서, 돌아누운 이적요의 비린 눈물을 떠올리면서, 나 그가 누웠던 자리에 가만히 누워본다.

> 살구나무 그늘로 얼굴을 가리고, 병원 뒤뜰에 누워, 젊은 여자가 흰옷 아래로 하얀 다리를 드러내놓고 일광욕을 한다. 한나절이 기울도록 가슴을 앓는다는 이 여자를 찾아오는 이, 나비 한 마리도 없다. 슬프지도

않은 살구나무 가지에는 바람조차 없다.

나도 모를 아픔을 오래 참다 처음으로 이곳에 찾아왔다. 그러나 나의 늙은 의사는 젊은이의 병을 모른다. 나한테는 병이 없다고 한다. 이 지나친 시련, 이 지나친 피로, 나는 성내서는 안 된다.

여자는 자리에서 일어나 옷깃을 여미고 화단에서 금잔화 한 포기를 따 가슴에 꽂고 병실 안으로 사라진다. 나는 그 여자의 건강이 – 아니 내 건강도 속히 회복되기를 바라며 그가 누웠던 자리에 누워본다.

– 윤동주의 시 〈병원〉

사랑이라는 '의미'

외로움이 자기 보존에 기여하는 중차대한 감정이구나
생각한다.
인간을 사색하게 한다는 점에서
야만에서 구제하는 요소이고
관심을 타자에게로 향하게 한다는 점에서
겸손하게 만드는 동력이다.

4부 　　　일이라는 '가치'

박카스 한 병 딸까요?

나 쁜   짓 이 라 도
하 는 게 낫 다

서른다섯. 당시 나는 일자리가 필요했다. 이력서를 썼다. 세 바닥을
채워도 시원찮을 판에 네다섯 줄 쓰니 끝이었다. 쉼표 없이 달려온
마라톤 인생인데 어쩜 이리도 이력서가 빈곤한가. 화폐화가 되지 않
는 노동－활동은 언어화도 불가능했다. 궁극적으로는 존재 증명이
난감했다. 아무튼 자기 소개서에 금칠과 덧칠을 해서는 두 군데 지
원했다. 은행 파트타이머랑 지역신문 기자. 결과는 둘 다 낙방. 물 한
바가지씩 연거푸 뒤집어쓴 기분이었다. 민망하고 처량하여 고개를
돌렸다. 내 인생에서 슬그머니 찢어버리고픈 한 페이지. 곧이어 커
피전문점 아르바이트 자리를 알아보았는데 이번에는 나이 제한에
걸렸다. 노년 재취업도 아니고 삼십 대 중반에 이럴 수는 없었다. 그
때 확실히 알았다. 늦었다고 생각될 때는 정말 늦은 거다! 젠장.

어차피 궁지였다. 인생역전이 가능한 직업도 아닐 바에야 꼭 하고 싶은 일을 하자며 입장을 굳혔다. 글밥 먹는 일을 고집했고 자유기고가 명함을 얻었다.

결초보은을 위해 밥 한 끼 대접하는 자리. 구직을 도운 선배가 평소와 달리 진지한 눈빛으로 말문을 열었다. "지나고 보니 그동안 나한테 닥친 일을 처리하기에 급급했는데, 그랬더니 남는 게 없구나. 너는 일을 새로 시작하니까 길게 내다보고 해라. 봉사하는 사람들 이야기를 중심으로 글을 쓴다든가 분야를 정해서 집중해봐. 10년 후에 네 작업을 집대성할 수 있게 맥락을 잡아가도록 해. 나는 그런 얘기를 해주는 사람이 없어서 장기적인 안목을 갖지 못했는데 지금 와서 후회되네."

뼈아픈 후회의 말들. 누군가가 자기 삶을 걸고 이야기를 하는 모습은 얼마나 쓸쓸한가. 구슬처럼 흩어진 나날들 어언 20년 세월이다. 주말마다 집회 및 행사에 가느라 휴일 없이 살아온 그다. 대기업·정규직·남성 중심의 노동운동판에서 여성활동가의 입지는 좁다. 조직 내부의 부조리한 문화에 가슴앓이 다반사다. 높고 큰 벽. 정면돌파하기에는 선배의 기초 체력이, 권력 의지가 약했다. 원래 목표 지향적 감각이 여성에게는 부재하다. 그래서 하루하루는 바빴으나 청춘 시대는 허술해진 형국이 되어버린 거다. 매일 일해도 평생 가난할 수 있듯이.

아무튼 그랬던 선배가 어느 날 갑자기 조직 선거에 출마한다고 연락이 왔다. 영문은 모르지만 환영! 내 일처럼 들뜨고 설레었다. 나는 당장에 선배를 만나서 뜨면 덕 좀 보자는 조건을 내걸고 유세용

검정 재킷을 사주었다. 선배는 고마워하며 출마 결심의 변을 터놓았다. "오랜만에 친구 어머니 댁에 갔는데 회 뜨고 매운탕 끓여서 또 한 상 차려주시는 거야. 횟집 하면서 밭 가꾸고 여전히 그 많은 일을 다 하시더라고. 이제 연세가 있는데 좀 쉬시라고 했더니, 어머니가 그러더라. 가만히 있으면 뭐하느냐고, 사람은 '나쁜 짓'이라도 해야 한다고, 그래야 하나라도 배울 게 있다고. 와, 그 말을 듣는데 정신이 번쩍 들더라. 나는 나이도 젊은데 잔뜩 움츠리고 살았더라. 항상 방어적이었지. 망가지고 실패하고 상처받는 상황에 나를 한 번도 놓아둔 적이 없었더라고."

어느 필모의 인생철학. "나쁜 짓이라도 하라"는 말이 선배의 생을 등 떠민 것이다. 나는 깜짝 놀라 맞장구쳤다. "어, 그거 니체가 한 말인데? 악행이라도 저질러라."

그렇다. 니체는 악행을 권한다. 속 좁은 생각을 하느니 차라리 악행을 저지르는 게 낫다고 한다. 행위의 과정에서 문제를 터뜨리고 해결해주고 다른 지평이 열리기 때문이다. 또 작은 악행의 쾌감이 큰 악행을 막아준다고 했다. 더 엄밀히 말하면 니체에게는 악행도 선행이다. "악행과 선행 사이에 종류의 차이란 없다. 기껏해야 정도의 차이만 있을 뿐이다." 인간의 모든 행동은 삶의 유용성 전략에 따라 이뤄진다. 악행과 선행은 동일한 뿌리에서 나온 것으로 어떤 상황에서는 복수, 악의, 교활 같은 악한 모습을 하고 어떤 상황에서는 동정, 희생, 인식의 선한 모습을 띤다고 본다. 니체에게는 '행 – 하기' '의욕 – 하기'가 중요하다. 자기 보존은 죽어 있는 상태이며, 살아 있는 것은 본디 주인이 되고자 하고 더 강해시기를 원하는 의지 작용을 일으킨다는 것. 일명 '힘에의 의지'로 니체는 세계의 작동 원리를 설명한다. 온몸이 귀가 되어 니체의 철학을 빨아들이던 선배는 그럴수록 어머니의 지혜에 탄복했다.

나도 신기했다. 서해안 작은 섬에서 평생을 살아온 분이다. 나쁜 짓이라도 하는 게 낫고 그러면서 하나라도 배워야 한다는 믿음. 그 깨달음의 높은 돛대에 오르기까지 어머니는 얼마나 모진 풍파를 겪으셨을까.

선배는 선거에서 가장 높은 득표율로 부위원장에 선출됐다. 더 이상 젖지 않는 자, 불타지 않는 자의 모습은 없다. 지금은 환희에 젖고 의욕에 불탄다. 내부 상황은 어지럽지만 해보고픈 일 해나가겠다며 악행론을 폈다. "정말 그렇더라. 내가 조직에서 고립됐을 때 그들의 악행 덕분에 대학원에서 공부할 결심도 했고, 또 내가 채용직 활동가라는 관례를 깨고 선거에 나가는 악행을 저질러서 조직에서 여성운동을 해볼 기회가 마련됐고. 악행이 꼭 악행이 아니더라고." 고개를 끄덕이던 나는 니체 깔대기로 마무리했다. "그래서 니체가 창조하는 자만이 비로소 어느 것이 선이고 악인지를 결정한다고 했지."

선배는 당선 후 어느 매체와 인터뷰를 했다며 기사를 보여주었다. 몇몇 문장이 눈에 띄었다. "경계에 놓인 사람으로서 그 경계를 없애는 역할을 하고 싶다 …… 노동운동 내 자본주의적 질서를 없애는데 모든 노력을 기울일 것이다 …… 월가 점령 시위에 참여했던 한 여성활동가가 '저항을 통해 이루려는 것은 저항의 과정에서도 실현돼야 한다'는 말을 전하며 ……." 나는 선배의 핸드폰 화면을 손가락으로 오르락내리락 밀어가며 세 번쯤 읽었다. 검은 기계가 어록을 쏟

아냈다. 아름다운 힘들의 바다. 우리의 철학자 니체 - 어머니의 말이
쏴아쏴아 파도쳤다.

머뭇거리는 생이여, 늦었다고 생각할 때 재빨리 악행을 저질러라.

때로 낭만주의적 지진아의 고백은
눈물겹기도 하지만,
이제 가야만 한다.
몹쓸 고통은 버려야만 한다.

한때는 한없는 고통의 가속도,
가속도의 취기에 실려
나 폭풍처럼
세상 끝을 헤매었지만
그러나 고통이라는 말을
이제 결코 발음하고 싶지 않다.

파악할 수 없는 이 세계 위에서
나는 너무 오래 뒤뚱거리고만 있었다

목구멍과 숨을 위해서는
동사動詞만으로 충분하고,
내 몸보다 그림자가 먼저 허덕일지라도
오냐 온몸 온정신으로

이 세상을 관통해보자

내가 더 이상 나를 죽일 수 없을 때
내가 더 이상 나를 죽을 수 없는 곳에서
혹 내가 피어나리라.

– 최승자의 시 〈이제 가야만 한다〉

일이라는 '가치'

머뭇거리는 생이여,

늦었다고 생각할 때

재빨리 악행을 저질러라.

꽃 시 절 은 짧 고
삶 은 예 상 보 다
오 래 다

소설가 김연수가 "서른 살 너머까지 살아 있을 줄 알았더라면 스무 살 그즈음에 삶을 대하는 태도는 뭔가 달랐을 것이다"라고 썼는데, 내가 생각해도 청춘은 맹목과 무지의 시절 같다. 마치 벚꽃 길 아래를 지나는 것처럼 눈앞이 흐릿한 시기. 삶에 초점이 맞춰질 수 없는 환경이다. 그런데 일과 사랑, 인생의 중요한 결정은 죄다 이삼십 대에 내려지니 이것이 삶의 얄궂음이겠지.

나는 증권회사에서 스무 살을 시작했다. 돈의 천국. 월급과 보너스가 얼마나 많던지. 온갖 명목으로 계속 돈이 나왔다. 우리나라에서 내로라하는 인재들이 들어왔고 증권회사 직원은 일등 신랑신부감으로 인기가 높았다. 곳간에서 인심 난다고 동료 중에 쩨쩨한 사람이 아무도 없었다. 야근 때도 비싼 밥만 먹고 회식에도 호텔 나이

일이라는 '가치'

트만 다니고, 어느 직원이 주식으로 돈 벌었다고 하면 또 크게 한턱 냈다. 증권회사가 돈을 운용하는 업무다 보니 스트레스 강도가 워낙 높았고 그에 상응하는 정신적 위로가 필요했다. 몇 년 후 주가 그래프는 수직으로 곤두박질쳤고 봄빛이 깎이듯 월급도 깎였다. 하나둘 퇴사했고 나도 그곳을 벗어났다.

다시 사보 기자가 되어 10년 만에 증권회사를 출입했을 때, 만감이 교차했다. 분위기는 예전과 비슷했다. 금융맨 특유의 세련된 차림새와 화통한 씀씀이는 여전했지만 고객의 요구와 실적 경쟁으로 인해서인지 안색은 편치 않았다. 임원부터 신입 사원까지 취재차 만난 나에게도 금융 상품 신청서를 내밀기 일쑤였다. 전산 시스템이 발달하여 온갖 통계와 수치로 직원을 닦달하니 전체적으로 좀 더 살벌해진 듯하였다.

어떤 사람이 잘 산다고 말할 때 그 기준은 보통 돈이다. 직업을 정할 때도 연봉의 유혹은 크다. 월급 많이 주는 곳이 가장 좋은 회사다. 그런데 그런 직장이 나의 좋은 삶을 지속적으로 보장하지는 않는다. 원래 돈은 속삭인다. 나를 줄 테니 너의 모든 것을 달라고. 그래서 특히 젊은 나이에 첫 직장에서 고액 연봉을 받는 것은 위험하다. 마라톤에서 페이스 조절에 실패하는 것과 마찬가지다.

돈의 쓰임이 곧 삶의 자세이다. 젊을 때부터 나를 던져 돈과 삶을 '거래'하기 시작하면 인생이 돈의 흐름에 따라 허겁지겁 쫓아가게 된다. 내 정신으로 살아가기가 점점 힘들다. 주변을 보아도 그렇다. 가령 고액 연봉을 받는 학원 강사가 처음부터 그 일을 오래 하려고 마음먹지는 않는다. 메뚜기도 한철이니 벌 수 있을 때 한몫 챙기

자며 밤낮으로 몸을 불사르는데, 큰돈을 쉽게 만지기 시작하면 나중에 보수가 적은 일은 시시하게 느껴진다. 그렇게 돈이 기준이 되면, 삶의 만족을 돈 아니면 채우기 힘들고 적은 돈으로 행복을 창안하는 일에 무능해진다. 또 그런 일터에는 비슷한 가치와 기운을 가진 사람들이 모인다. 이 또한 중요하다. 인생의 벚꽃 시절을 누구와 보내는가 하는 문제 말이다. 행복은 결코 혼자 달성할 수 없다. 그래서 에피쿠로스도 "너는 무엇을 먹고 마실까보다 누구와 먹고 마실까에 대해 생각해야 한다"고 하지 않았는가.

한 번뿐인 인생. 잘 벌어 잘 먹고 잘 쓰다가 가는 것도 나쁘지 않다. 자기의 세계관에 맞게 추구하면 될 일이다. 헌데 마르지 않는 샘물 같은 돈의 세례 속에서 평생 살 수 있는 인생이 많지도 않거니와 돈은 속성상 충족을 모른다. 바닷물처럼 마실수록 갈증만 일으킨다.

돈의 만족보다 삶의 만족을 이루기가 더 쉽다. 이른 나이부터 안빈낙도하기는 어렵겠지만, 일찌감치 돈에 정신을 묶어두는 것도 서글프다. 마흔일곱에 겨우 벼슬에 오른 두보는 어지러운 정국과 부패한 관료 사회에 실망하여 시를 짓고 술을 마셔가며 시름을 달랬다고 전해진다. 젊은 날 자유하고 성찰하며 살았던 사람은 자기 삶을 짓누르는 나쁜 공기를 금세 알아챈다. 이것은 위대한 능력이다. 두보를 보아도 그렇다. 부귀영화에 이 한 몸 던져 행복하려는 사람이 있고, 헛된 영화에 이 한 몸 얽맬 필요가 있으랴 노래하는 이가 있다. 둘 다 자기 선택이겠으나 젊은 날의 경험과 감각이 판단의 중요한 근거가 됨은 분명해보인다.

인생의 꽃 시절은 짧고, 삶은 예상했던 것보다 오래 지속된다.

젊은 날 자유하고 성찰하며 살았던 사람은
자기 삶을 짓누르는 나쁜 공기를 금세 알아챈다.
이것은 위대한 능력이다.

버 둥 거 리 는
노동절 전야

사무실에 굴러다니는 도올의 책을 넘기다가 눈이 멈췄다.

청춘은 빨리 깔깔 웃고 빨리 눈물을 흘린다. 청춘은 빨리 용기를 내고
빨리 공포스러워 한다…… 청춘은 빨리 참여하고 빨리 이탈한다

나 청춘인가. 별일 아닌 일에 혼자 웃기도 잘 웃고 눈물도 펑펑
잘도 쏟는다. 한번 해보자 덤볐다가 기겁하기도 한다. 결정적으로
"빨리 참여하고 빨리 이탈한다"는 부분이 와닿았다. 나, 지금 하는
일을 내던지고 이탈하고 싶기 때문이다. 이 시구를 친구한테 보여주
었더니 무엇에 공포를 느끼느냐고 물었다. 얼른 대답했다. "공문서"
라고. 지난 석 달 동안 하루 종일 문서와 대면했다. 그 결과 나는 지

금 다큐멘트 포비아가 되어버렸다. 폰트 12에 헤드라인 서체에 막대기 같은 문투로 용건만 간단히 나열된 그 문서는, 조금도 날 유혹하지 않는다. 밀어낸다. 어디에 정을 붙여야 할지 모르겠다.

토요일 시 세미나에서 〈헌책들〉을 읽고 나 늙은인가 했다. 일을 하지 않고 일에 대해서 판단만 하고 있다. 난 그것을 늙음의 징조로 본다. 살지 않고 삶을 판단하는 것. 자판기처럼 문서든 책이든 말이든 넣으면 글을 뽑아냈는데, 이제 그 생산 능력이 마비된 것인지, 이번이 예외적인 경우인지 알 수 없으나, 업무 성과보다 불평불만이 쌓여가는 작금의 상태는 낯설고 난감하다. 고용 형태의 부당함도 견디기 힘들다. 정식 고용계약을 하면 실수령액이 더 작아지니까 더 많은 급여를 쳐주기 위해 편법으로 매달 원고료 개념의 일정액을 받는다. 나를 위한 배려이고 나도 동의했는데 막상 일하는데 그 시스템이 질곡처럼 느껴진다. 이건 아닌데 싶으면서도 그만두지 못하고 있다. 하던 일은 마무리하고 그만둬야겠다고 결심했고 한 달이 남았는데, 그 한 달 동안 나를 또 아침부터 저녁까지 가동시킬 생각하니 비참했다.

어제 퇴근길에 선배가 낼 아침에 업무 얘기 좀 하자고 했다. 그때 못하겠다고 얘기를 해야 하나, 아침에 버스 타고 가면서 한 시간 내내 고민했다. 이럴까 저럴까 생각하다가 또 청춘의 징조인지 청승의 징후인지 모를 눈물이 왈칵 흘렀다. 뭐냐면, 나는 그동안 살면서 너무 참지 말아야 할 일까지 잘 참은 것은 아닐까 하는 약간의 후회, 자조, 원망으로 생각이 번졌다. 감정이 커져서 급기야는 그간 살아온 생에 대한 자기 연민이 밀려왔다. 가만히 있으면 가마니로 알고 보자보자 하면 보자기로 안다고, 내가 모든 것을 다 견디고 참고 꿋꿋하고 씩씩하고 태연하게 가정생활을 영위해나가는 게 어쩌면 내가 파놓은 함정이 된 것 같다. 자본주의를 살아가는 대부분의 사람들이 그렇듯이, 나 역시 참지 못할 일과 참을 일을 분간하는 기능이 퇴화해버렸는지도 모른다. 어느 대기업 상무의 승무원 폭행 사건을 계기로 쏟아져 나오는 온갖 사례들을 보면, 그간 노동자들이 참 무던히 눈 감고 귀 닫고 입 닫고 살았다는 생각이 든다. 그놈의 먹고사니즘 때문에.

아침에 선배와의 미팅에서는 '그럼에도 불구하고' 일은 마쳐야지 싶어서 잘 마무리해보겠다고 대답했다가, 사무실에서 하루 종일 고민하다가 선배한테 편지를 썼다. 일필휘지로. 일종의 항복 문서였다. "최선을 다하고 싶은데 최선을 다하는 방법을 모르겠다, 글쓰기 능력이 장착되어 있어 금방망이처럼 뚝딱하면 책을 만들어내는 능력이 있다고 선배도 생각하고 저도 생각했는데 아니었다, 내 노동력과 가시적 성과물의 즉물적인 교환을 이렇게 실시간으로 자각해야 하는 게 너무 자본주의적이고 야만적이라는 생각이 든다, 이 엉성한 고용방식 때문에 내가 임노동자도 아니고 부속품 같다는 자괴감이 든다, 짐도 덜어드리고 일도 배우고 돈도 벌려는 애당초 기획은 실행되지 못하였다. 죄송하다"는 내용이었다. 편지를 써놓고 보내기 버튼을 누르지 못하고 임시 저장해놓았다. 노동절 하루, 나의 노동에 대해 숙고해야 한다.

시 세미나에서 〈헌책들〉이 창녀를 비하하는 시 같다는 얘기가 나왔다. 평소 과묵하던 한 친구가 그 말에 반론했다. "전산 전공을 살

려서 프리랜서로 일할 때 여기 가라면 여기 가고 저기 가라면 저기
가서 일해주고 오는데, 내가 몸 파는 사람처럼 느껴졌다. 창녀의 직
업과 크게 다른 노동을 한다는 생각을 갖기 어려웠다"고 했다. 일
순 침묵이 흘렀다. "스스로를 팔기 위해 악착같이 이 거리에 매달린
생"이라는 대목에선 우리들은 저마다의 처지로 읽지 않을 수 없었
다. 노동을 사고파는 일의 쓸쓸함은 정녕 피할 수 없는가. 분업화되
고 파편화되는 삶의 양식에, 합리성과 효율성과 생산성에 저항해야
지. 이 야만적인 자본주의 시스템에 길들여지지 말아야지. 팔 때 팔
더라도 알고 팔려야지. 팔리기를 포기하지 못하면서 버둥거리는 노
동절 전야.

> 원수의 멸망을 보려거든 그가 늙을 때까지 기다려라
>
> 늙으면 필연코 추해진다
>
> 화장으로 가릴 수 없는 시든 주름들과
>
> 힘 빠져 늘어진 뱃가죽,
>
> 저 웅크린 매음녀의 짧은 한평생을
>
> 보라, 침처럼 흘러내리는 중얼거림이
>
> 그 옛날의 흔해 빠진 사랑의 고백이거나
>
> 노골적인 호객의 대사임을 듣고
>
> 그대는 놀라리라, 스스로를 팔기 위해
>
> 악착같이 이 거리에 매달린 생이
>
> 늦은 11월, 떨어져 비 젖은 나뭇잎과
>
> 쓰레기를 닮아간다는 사실,

문득 술 취한 어느 손길이 그녀의

팔을 잡았다가 깜짝 놀라 물러설 때도

희미하게 그 어둔 눈빛 반짝인다는 사실,

이 거리의 어느 누구도 목숨이 다하는 날까지

팔리기를 포기하는 법은 없다, 그러나

그녀의 늙음은 너무 빨리 찾아왔다

그녀의 늙음은 너무 쉽게 노출된다

상처를 이루시 못한 비싼 사랑의 흔적들이

정액처럼 표지 위에 얼룩져 있다

신간 코너에서 베스트셀러 코너로,

재고 도서로 쌓였다가 다시 무수한 손을 거쳐

지루한 세일 기간 동안 싸구려로

드디어 제값으로 팔리기 위해 나와 앉은 헌책들

– 이영광의 시 〈헌책들〉

박 카 스   한   병

딸 까 요 ?

배우 윤여정이 '박카스 아줌마'로 나온다기에 영화 〈죽여주는 여
자〉를 챙겨보았다. 윤여정이 맡은 배역은 소영. 한국전쟁이 일어난
1950년에 전쟁고아인 삼팔따라지로 태어나 식모살이, 공순이, 양공
주 등 여러 직업을 거친다. 젊었을 때 미군 흑인 병사와 살림을 차렸
고 아이를 낳았지만 키울 여건이 안 돼 해외로 입양 보낸 사연이 있
다. 하필 전쟁통에 삶에 제약이 많은 여자로 태어난 것을 필두로, 살
면서 몇차례 난폭한 우연을 통과하자 남은 거라곤 몸뚱이뿐. 예순다
섯 살 여성 노동자는 가방에 박카스를 챙겨넣고 파고다 공원 일대
에서 남성 노인들에게 다가가 안색을 살피며 슬쩍 운을 뗀다. "한 병
딸까요?"
　날 밝으면 가방 챙겨 출근하고 '한 건' 하면 먹을거리 사들고 너

털걸음으로 귀가하는 소영. 시계추처럼 반복되는 노동의 일상은 나른하고 덤덤하다. 그리고 그것은 불안정 노동을 수행하는 보편적인 노동자의 모습과 겹친다.

소영은 생판 모르는 사람에게 다가가서 거절당할 각오를 하고선 말을 걸어야 하는 세일즈맨이기도 하고, 돈 주는 사람이 만족할 만한 결과물을 내놓아야 단골이 생기고 일이 끊기질 않는 프리랜서이기도 하며, 참지 못하면 살지 못하니 참는 수밖에 달리 방도가 없어 수치심을 감내하고 고객의 비위를 맞추는 감정 노동자이기도 하다. 그리고 성매매 노동자인 그녀는 "춥다, 아프다, 무겁다 같이 정해진 시간 동안 어떤 감각을 계속 느끼는 것을 견디고, 그 대가로 얼마쯤 돈을 받는"(기시 마사히코) 육체 노동자이기도 하며, 일하다가 생긴 질병(성병)으로 며칠을 공치는 일용직 산재 노동자이기도 하다.

"한 병 딸까요?"

소영이 따는 그것. 박카스는 신진대사 기능을 회복시켜 정신적, 육체적 활력을 증강시키는 약이다. 박카스를 따겠다는 것은 제 몸에 저장된 에너지를 팔겠다는 뜻이다. 항상 이윤을 창출하는 유일한 상품은 인간의 노동력이라는 마르크스의 통찰대로, 자본주의 체제에서 노동자는 자기를 파먹으며 근근이 살아갈 수밖에 없다.

나는 지식과 경험을 사유 노동으로 체화해놓았다가 판다. 이 글을 쓰기 위해서도 내 마음의 영화를 한 편 딴다. 한번 읽어보실래요? 내 글에 공감하는 독자들에게 만족을 안겨주며 밥벌이를 한다. 모든 노동하는 사람의 수고로움이 들어 있는 말. 한 병 딸까요? 산다는 것은 내 안에 무언가를 계속 따야 하는 일이리라.

윤여정은 이 영화 개봉 즈음 진행한 인터뷰에서 이렇게 말했다. "그 사람들도 나처럼 부모 밑에선 소중한 딸 아니겠냐. 그런 생각을 하면서 착잡해졌고 우울해졌다. 사람들은 왜 할 일이 많은데 저런 일을 하느냐고 손가락질한다. 그런데 영화 속 대사에도 나오지만, 그것밖에 할 수 없는 속사정이 있을 거다. 함부로 얘기하면 안 되겠더라."

윤여정은 또한 영화를 하지 않았으면 죽을 때까지 모르고 살았을 세계를 안 것에 감사하다고 말했다. 그의 내밀한 연기 덕분에 나역시 평소 모자이크 처리되고 음성변조된 채 가십거리로 소비되는한 존재의 생활 세계를 경험했다. 한 사람의 속사정에 다가갔다. 영화 제목만 봤을 땐 '죽여주는'이란 수식어가 직업적 숙련도를 뜻하는 줄 알았는데, 그게 다가 아니었다. 성적 쾌락과 죽음 대행, 두 가지 의미가 들어 있다. 그러니까 영화에서 소영이 하는 일이란, 산 사람 살게 하고 죽으려는 사람 죽게 하는 것이다. 그녀의 단골 고객 증언대로 소영은 천사였을까. 그렇다면 아마도 그건 지상의 가장 낮고 위태위태한 자리에서 일생을 살았기에 가능했을 것이다.

귀 한 자 식

대학 밴드 동아리에서 키보드를 치는 큰아이가 정기 공연을 한다고 해 구경을 갔다. 홍대 앞 작은 클럽. 벽면은 포스터를 붙였다 뗀 테이프 자국이 너덜너덜했고 조명은 교차로 신호등 같은 삼색불빛이 단조롭게 깜빡였다. 아이들이 무대에 올랐다. 사운드가 터지고 조명이 켜지자 기타를 멘 여학생의 어깨끈에서 무슨 글자가 눈에 띄었다. 귀한 자식. 동그란 장식용 배지였다.

어느 알바생 유니폼 등쪽에 "남의 집 귀한 자식"이라는 문구가 새겨진 것을 인터넷 뉴스에서 본 적 있다. 진상 고객이 얼마나 많으면 저랬겠냐, 사장님 센스 있다는 댓글이 달려 있었다. 요즘 귀한 자식이라는 말이 유행인가. 그러나 저 몸에 새긴 표지는 너무 온당해서 쓸쓸하다. 사람이 사람대접 받지 못하고 값싼 부속처럼 쓰이는

세상을 향한 청년들의 혼잣말 같다.

가끔 들르는 감자튀김 파는 호프집이 있다. 그곳 아르바이트생의 유니폼 문구는 이렇다. "손님이 짜다면 짠 거다." 고객이 왕이라는 호들갑스러운 표현이겠지만 사람 사이에 위계를 설정한 그 억지가 거슬렸다. 그 말을 알바생들 스스로 선택했을 리도 없다. 무분별한 갑질을 승인하고 순치된 개인을 기르는 나쁜 말이다. 그에 비하면 "남의 집 귀한 자식"은 사람 사이를 관계로 접근한다. 우리는 먹는 자와 일하는 자로 잠시 결합한 사이. 종신 노예 부리듯 할 권리가 없다. 각기 다른 역할로 만난 대등한 동료 시민일 뿐임을 상기시킨다. 한 존재를 겹으로 헤아려 살피는 좋은 말이다.

존귀함의 자기 선언. 셀프 인권 수호의 시대. 문필 하청업 중년 여성 노동자인 나도 귀한 자식 선언의 전력이 있다. 어느 정례 회의 시간, 의견을 개진하는 내게 한 동료가 여러 번 다그치듯 말했다. 거친 말투와 독한 눈빛이 몸을 찌르는 것 같았으니 등줄기를 타고 오르는 모멸감은 이미 눈물로 새어나왔다. 나는 부들거리는 양손을 지그시 누르며 더듬더듬 입을 뗐다. "저 귀하게 자랐거든요. 그렇게 말하지 마세요."

얼핏 시트콤 대사 같기도 한 귀한 자식 타령이 갑자기 왜 나왔는지 모르겠다. 아마도 존재 본연의 마음이 침해당하는 순간 재채기처럼 튀어나온 거 같다. 다행히 그 동료는 나쁜 사과에 꼭 들어간다는 '그럴 의도 없음'을 들먹이지 않았고, 두 손 모으고 고개 숙여 상황은 금세 수습이 되었다. 울음 사태까지 초래한 게 미안하고 무안하여 나도 맞절하는 심정으로 고개를 숙였다.

가짜를 진짜처럼 위장하는 것

가짜인데 진짜라고 믿는 것을

더는 못 참겠어요

못 참는 저를 참아야 할까요

우두커니 저는

오래된 갈림길에 서 있어요

다시 명백하게 말하자면

생生은 진짜이고

활活은 가짜예요

– 윤병무의 시 〈생활〉 부분

일 – 돈 중심의 세계에서 사람은 부풀어 풍선껌처럼 작았다 커지고 커졌다 꺼진다. 사람이 일을 하는데 일에다 사람을 우겨넣는 조직의 난폭한 생리가 두렵고, 거기에 맞추어 살아가는 나 포함 귀한 자식 일군이 가여워 참았던 눈물이 그 참에 솟구친 것도 같다. 존재의 항변. 나는 눈물로 구질구질하게 말하고 아이들은 배지로 데면데면하게 말한다. 이게 세대 차이려나.

스무 살 청춘들의 공연을 보며 나는 내가 일으킨 '귀한 자식의 난'이 떠올라 머쓱하다. 무대에서 키보드를 치는 저 아이도 방학 동안 카페에서 아르바이트를 했다. 몸 돌리면 제자리인 좁다란 점포에서 꼬박 열 시간을 서 있느라 종아리에 파스 두 장을 붙이고 잠들곤 했다. 귀한 자식이 낳은 귀한 자식이 겪었을 현실과의 격투, 제몫의 설움에 눈가가 시큰하다. 클럽에서 빠져나와 본 홍대 앞 거리. 1년

내내 성탄 전야처럼 북적거리는 이 향락의 미로는 또 얼마나 많은
귀한 자식들의 노동으로 굴러가는가.

바 늘 방 석 <u>같</u> 은
사 랑

프리랜서로 일하던 내가 월급 생활자로 취직했을 때 주위 반응은
대개 비슷했다. 어떻게 이렇게 취직이 빨리 되느냐, 마음만 먹으면
일자리를 구하느냐 등등. 부러움과 놀라움 섞인 말들을 뱉었다. 그
말을 듣고 보니 내가 운이 좋은가 싶기도 했는데 별로 실감나지 않
았다. 미지의 영역에 대한 두려움 때문에 '그 일은 나의 것'이라는
직업의식이 형성되기 이전이었다. 즉, 언제 그만둘지도 모른다고 생
각했다. 그 즈음 구직 활동하느라 이력서를 열 군데도 더 넣은 한 친
구는 아예 대놓고 말했다. "샘은 마음만 먹으면 바로 취직하잖아요.
전문직 여성이에요. 이제 탄탄대로예요. 고속도로 올라탔다니까요."
본인이 취직에 어려움을 겪으니 내가 크게 보였겠으나, 그 표현의
과장됨 때문에 나는 실소를 금치 못했다. 그리고 말했다. "아이구,

무명작가가 무슨 전문직이야. 그리고 인생에 탄탄대로가 어딨어."

우리의 대화는 길어졌다. 그 친구가 일자리를 찾지 못하는 것보다 계속되는 낙방으로 자신감을 잃고 자괴감에 빠지는 상황이 더 심각한 문제였다. 그 폭포처럼 쏟아지는 자기 비하와 현실 비관의 말들을 막을 길이 없었다. 나는 듣거나 말거나 "너 괜찮아. 좋은 인재야"를 무슨 주문처럼 반복했다. 전화를 끊고도 마음이 뒤숭숭했다.

자기가 처한 그 상황이 영원할 것 같을 때, 그 불안을 어찌 잠재울 수 있을까. 내가 아는 한 묘책은 없다. 외부에 새로운 변수가 오기 전까지는 견디는 수밖에. 그리고 시간이 흘렀다. 얼마 후 취직을 했다는 소식이 들렸다. 며칠 전에는 "월급 타면 달려가려고 꾹 참고 있으니 기다리라"고 한껏 들뜬 문자메시지가 왔다. 그리고 전문직으로 부러움을 한 몸에 받던 나는, 고용 불안에 시달리는 처지가 됐다. 탄탄대로 고속도로에서 갑자기 차가 서버린 거다.

사연은 복잡한데 본질은 간단하다. 갑의 횡포, 을의 비애 정도로 정리할 수 있다. 우리 회사에서 만들던 간행물을 만들지 못하게 됐다. 당연히 관행과 상식에 위배되는 일이고 아주 드문 불합리한 상황이다. 그 피해가 하청업체의 일원인 내게까지 온 거다. 불의에 나름 저항하며 살았던 나로서는 이대로 무기력하게 당해야 하는 건가, 본사에서 일인 시위라도 해야 하는 건가 잠시 고민했다. 그러려다 말았다. 자고로 '적'에도 급이 있다. 너무 쩨쩨하고 시시했다. 가치 있는 일이 아니라고 판단했다. 대표님이 당분간 회사가 정상화될 때까지 프리랜서로 일하며 기다려달라고 했다. 그 얘기를 듣는데 나도 모르게 눈물이 또 후드득 떨어졌다. 가장에게는 고정급이 필요하다는 진리가 어느새 나의 신체에 각인된 모양이다.

　가슴 답답한 날들이 흘렀다. 지난 가을, 월세 마련을 위해 일감을 찾을 때 얘기해두었던 출판사 선배한테 전화가 왔다. 단행본 편집 일을 의뢰하려 한다고 했다. 당연히 응했다. 죽으란 법은 없구나 감사하면서. 또 우리 회사가 당한 기막힌 일을 알게 된 어떤 분이 도움을 주고 싶다고 조심스럽게 말했다. 그리고 향후 나의 행로는 어떻게 되는 건지 물었다. 나는 문필 하청 관련 일을 환영한다고, 마땅한 일감이 있으면 부탁한다고 했다. 그리고 1분 만에 후회했다. 구걸하는 처지가 된 것 같아서다. 남에게 부담을 주는 것 같아서다. 나는 울컥함을 어찌하지 못하고 "왜 이렇게 슬프고 구차한가요" 문자를 보냈다. 답이 왔다. 마음만 남루하지 않으면 괜찮은 거라고 생각하라고. 우연히, 혹은 문득 생각났다는 듯이 알아보겠다고. 그리고 말했다. "돌봄은 우주를 돌고 돈다고 하죠."

　니체가 남을 동정하고 연민할 때는 섬세한 기예가 필요하다고 말했는데, 이런 거였다. 마음이 한결 가벼워졌다. 재한테 받은 건 얘한테 줘도 되니까. 지금 받고 이따 줘도 되니까. 돌봄의 우주적 순환 원리가 수건돌리기처럼 재밌고 흥미로운 이 세계의 운동으로 이해됐다. 그러고 보니 텔레비전 프로그램 〈사랑의 리퀘스트〉처럼 나에게 답지하는 온정의 손길로 나는 살아왔고 살아가고 있다. 학력 자본 화폐 자본 아무것도 갖추지 못한 내가 밥 먹고 사는 건 누군가의 지극한 돌봄 덕분이었구나, 깨달았다. 신세 한탄 그만하고 나의 돌봄은 어디를 어떻게 향해야 하는가를 연구해야겠구나 마음 다잡았다. 그런데, 그렇지만, 그럼에도 불구하고 서글픔은 긴 속삭임처럼 흘러다녔다. 난방비 폭탄이 나온 관리비 고지서 앞에서는 그토록 아름다운 이론도 힘을 잃는다. 본디 이데아적 세계는 감각의 세계 앞에서 무기력하다. 바람 앞 등불처럼 흔들리면서 꺼지지도 못하는 질긴 이 생. 바늘방석 같은 사랑. 때로는 망각의 잠을 청하고 싶은.

나는 울타리를 넘고 싶었다

그날 기분은 아침부터 흐림이었다. 이유는 그냥이다. 존재를 둘러싼 제반 조건이 그러하도록 총체적으로 응결된 상태, 그냥.

식탁에 쭈그리고 앉아서 노트북을 멍하니 바라본다. 한 줄 한 줄 받아쓰기하는 아이처럼 신경을 모은 채, 내가 부르고 내가 받아 적으며 원고를 정리하고 있었다. 이 지루함에서 나를 끄집어내듯 전화벨이 울렸다. 그다. 앞으로 한 달 동안 세미나에 나오지 못하겠다고, 그 사이 아르바이트도 그만두고 온전히 단편 하나를 써보려 한다고 했다. 조지 오웰이 파리와 런던의 밑바닥 생활을 자처했던 것처럼 온갖 육체노동을 섭렵하는 그다. 노동 르포 글쓰기를 준비하면서 그에게 몇 가지 자문을 구한 적이 있다. 노동 체험이 글로 번역되는 어려움이나 쾌감 같은 요소들. 그 물음이 자극이 되었고 덕분에 글을 써볼 마음을 갖게 됐다고 했다. 그에게는 작업 계획 공표였지만 나에게는 단기 이별 통보였다. 예정에 없던 일이다. 사람이 들고 나는 일에는 아직도 감정 관리가 서툴다. 알았다, 좋겠다, 잘해라 얼버무리고는 전화를 얼른 끊었다. 입술을 앙 다물면서 존재의 중심을 잡았다. 그 흔들림은 단지 늘 친숙하던 친구가 자리를 비웠을 때 찾아오는 공허감이 아니었다.

밑도 끝도 없이 어떤 절박함이 바위처럼 눈앞에 드러났다. 어떤 욕망이 내면을 휘저었다. 정확히 대칭으로 그와 존재를 바꿔치기하고 싶었다. 어떻게 그렇게 부러울 수가 있는지 모를 만큼 부러움의 파도와 서러움의 파도가 번갈아 나를 덮쳐왔다. 그가 그렇게 했다. 혼자 한 달간 모든 관계로부터 놓여나 오롯이 글만 쓸 수 있는 상황을, 그의 전화를 받기 전에는 나는 한번도 상상조차 해보지 못했음을, 꿈조차 되지 못했음을 인지했고, 동시에 나의 존재 조건을 자각했다. 왜 내 생은 그런 솔루션 자체가 불가능했을까, 한 달간의 자유와 고독이 봉쇄된 삶을 내가 살고 있구나.

거기까지 생각이 미치자 한숨처럼 눈물이 삐죽 솟았다. 오밤중도 아니고 오전에 눈물이 나니까 어찌할 바를 몰랐다. 침대로 들어가 이불을 뒤집어썼다. 주변을 밤으로 만들었다. 어둠으로 도피해야 했다. 욕망에 비틀거리는 내 꼴을 보기 싫었다. 병원 침대에 누운 것처럼 온몸이 긴장되었다. 김승옥의 단편소설 〈야행〉의 여자를, 한 장면을 떠올렸다. "가령, 그 여자는 포로수용소를 탈출하고 싶어하는 포로를 상상한다. 그는 철조망의 한 곳이 허술한 것을 우연히 발견한다. 그것을 발견하자 그는 자기가 이 수용소로부터 탈출하고 싶어

했다는 것을 비로소 깨달은 것이다."

미처 자각하지 못했던 탈출 욕망이 철조망의 빈틈을 보면서 발생한다는 것. 나의 경우라면 유유히 담을 넘어가는 그의 긴 다리를 보면서 나의 담장의 드높음을 인식하고는 이 수용소로부터 탈출하고 싶어했다는 사실을 깨달은 거다. 나는 울타리를 넘고 싶었다. 그런데 넘어보기도 전에 넘어지다 다친 것처럼 주저앉아 울고 있었다. 주체에 도사린 타자는 늘 이토록 낯설다. 내가 제어할 수 없는 나이기에.

다시 또 벨이 울렸다. 액정 화면을 보니 그녀다. 망설이다가 받았다. 그한테 전화가 왔다고, 얄궂고 서럽고 삐지는 복합 감정을 띄엄띄엄 조각내어 터놓았다. 거의 일러바치는 분위기였다. "나도 한 달 동안 아무것도 안 하고 글 쓰고 싶어……." 그녀는 당황스러움을 어찌하지 못하고 괜히 그를 탓했다. 내가 이러는 심정을 그는 모를 거라 했다. 남자는 여자를 모른다는 의미로 확장했다. 아는 게 더 이상하다. 나도 몰랐던 내 감정이거늘 그가 무슨 수로 알까. 자본에 의탁하지 않고 살고 싶은 대로 일상을 구성할 수 있다는 점에서, 그는 능력자이다. 어떤 목표에 눈 돌리지 않으면서 존재에 칩거하는 그는, 죄인이 아니다.

한바탕 소낙비처럼 지나간 욕망의 난동, 우울의 파동. 이 슬픔의 상스러움을 초래한 나는, 칠판 지우듯 감정을 지우고 또 살았다. 살면 살아진다. 살려면, 기대치를 낮춰야 한다. 내면의 풍파가 가라앉고 그도 돌아왔다. 늘 그랬듯이 흐린 미소만 지었다. 소설 잘 썼는지 묻고, 잘 안 써졌다고 답하고. 형식적인 말만 오갔다. 며칠 후 전화

일이라는 '가치'

로 얘기했다. 단편이 마음에 들지 않는다고 했다. 소설 작업에 진전이 있는 것도 아니고 결혼한 것도 아니고 취직한 것도 아니고. 현재도 없고 앞날도 없는 자기가 한없이 초라하고 비참하다는 투의 넋두리다. 그러니까, 나한테는 백만장자로 보이는 그가 자기는 거지라고 말하는 형국이었다.

다 가진 삶의 기준이 결혼, 직장, 아이인가. 그 나름도 실속 있는 삶이지만 단 하나 삶의 모델을 좇아 60억 인구가 한 방향으로 뛰어야 하는 건 아니지 않는가. 또 직장 다니면서 가정 꾸리고 사는 사람은 얼마나 갑갑한 삶을 사는지, 그나마 손에 쥔 것을 놓치지 않기 위해 두리번거리지도 못하고 삶의 에너지를 다 써야 한다는 팍팍한 현실을 상기시켰다. 일찍부터 타협하고 사는 노회한 젊음은 매력 없으니, 진짜 소설을 쓰려거든 지금처럼 불안하게 살라고 말했다. 그도 알고 있을 원론적인 얘기를 건네고, 나도 알고 있는 원론적인 말들을 들었다. 수다는 공회전이 본질이다. 전화를 천천히 끊고는 남사스러워서 하지 못한 말은 문자로 띄웠다. 실은 그날 전화한 날, 나 눈물바람 했다고. 자기가 초라하다고 생각하는 삶이 누구에겐 부러워 죽겠는 삶이기도 하다고. 쓸쓸한 고백, 아니 수줍은 자백……

황지우 시인의 말대로 "삶을 한 번쯤 되물릴 수 있는 그곳"에 간다면 난 얼마나 다르게 살 것인가. 아파하고 아파하는 이를 알아보면서 이 아픔의 전승 구조에 몸을 싣고 아마 지금처럼 살고 있을 것 같다. 그것밖에 힘이 없다. 누구나 지금이 존재의 최선이다.

나는 울타리를 넘고 싶었다.

그런데 넘어보기도 전에 넘어지다 다친 것처럼

주저앉아 울고 있었다.

주체에 도사린 타자는 늘 이토록 낯설다.

내가 제어할 수 없는 나이기에.

말 하 는
누 드 모 델

나는 해부학적으로 그려져 걸릴 것이다 훌륭한 박물관에. 부르주아들
이 나지막이 탄성을 지르겠지 이런 강변의 매춘부 이미지에 대고. 그들
은 그걸 예술이라 하지.

영국 시인 캐럴 앤 더피의 〈서 있는 여성 누드〉 일부다. 시의 화
자는 누드모델. 자신에게서 '색을 뽑'고 움직임을 통제하며 권력 감
정을 느끼는 화가를 '조그마한 남자little man'로 부르고, 누드화에 감
탄하는 영국 여왕을 '웃긴다'고 말한다. 이 시에서 여성은 그려지고
보여지는 존재가 아니라 생각하고 말하는 존재다. 자신을 보는 화
가-관객을 보는 시선의 전도로 인해 역사상 목소리를 가진 적 없는
누드모델이 견자見者로 등장한다.

친구의 에피소드가 떠올랐다. 이탈리아에서 미술관에 갔는데 길게 늘어선 줄이 거의 여성이더란다. 전시실엔 백인 남성 화가 작품들만 걸려 있음은 물론이다. 관람을 마치고 바닷가에 갔더니 미술관에서는 안 보이던 남자들이 해변에 누워 여자들을 감상하고 있더라나. 왜 여자는 보여지고 (그걸 또 돈 내고 보고) 남자는 창작하게 된 거냐고 푸념했다.

그런데 위의 시에 따르면 화폭 속 여자는 수동적인 대상으로 가만히 있지만은 않는다. 자신을 보는 사람들을 관찰해 통찰을 얻는다. 그는 해야만 하니까, 다른 선택이 없으니까 그저 그 일을 하는 사람이라고, 화가나 자신이나 같은 처지라며 이런 시구를 남긴다.

"우리는 할 수 있는 방법으로 생계를 유지하지."

인간사를 아우르는 간명한 명제다. 난 일전에 한 남성 철학자의 책을 읽었는데 서문에는 이 방대한 저서를 집필하느라 시간이 얼마나 걸렸고 몸이 어떻게 탈진됐는지 병명까지 상세히 적혀 있었다. 그 비슷한 시기에 빵집 아줌마 얘기를 들었다. 김밥집에서 수년간 일한 그는 김밥을 하도 말아 손목 관절이 손상돼 그만두고 시장통 빵집에 겨우 취직했다. 빵 담고 거스름돈 내주는 일이 망가진 손목으로 할 수 있는 최소한의 동작인 탓이다.

어떤 직업은 노동의 결과물이 보존되고 과정의 수고로움이 기록된다. 존경과 동경을 받는다. 어떤 직업은 아니다. 노동의 성과가 사라지고 고충이 음소거된다. 폄하와 무시를 당한다. 사회적 무지와 몰이해. 그것이 직업의 귀천을 만들고 구조적 불평등을 낳는 건 아닐까. 대부분의 직업이 몸이 축난다는 점에서 단순직이고, 자기가 할 수 있는 일을 한다는 점에서 전문직이다. 저 누드모델이 응시하듯 누군가를 깊게 들여다본 적 없는 우리는, 서로를 동등한 동료 시민으로 바라보지 못한다.

내 직업 '작가'도 학자와 더불어 문文을 숭상하는 한국 사회 유교적 전통의 수혜 직군이다. 가난해도 대접받는 편이다. 그런데 글 쓰는 직업에도 위계가 있다. 자유기고가와 르포르타주 작가로 일하는 내게 사람들은 예사롭게 묻는다. "시나 소설은 안 쓰세요?" "등단하셔야죠." 저 순문학 세계에 이르는 길 어디쯤에 비소설 분야 문필하청업자 자리가 있지 싶다.

장르는 갈래다. 장르 자체가 작품의 고귀함을 보장하지 않는다. 직업이 인격을 담보하지 않는 것과 마찬가지다. 세상에는 권력에 빌붙어 합리적 생존성만 따지는 의사나 법조인이 있고, 약자에게 다정한 폭력을 휘두르는 문인과 교수가 있다. 특정 직업에 덧씌워진 환상을 벗겨내고, 그 일이 누구의 이익에 복무하는지, 다른 존재를 억압하진 않는지, 어떤 관점을 내포하는지 해부학적으로 따져야 한다. '나는 볼 수 있다'고 말하는 누드모델처럼, 보여질 때조차도 보는 사람이 예술가다.

구　　　　　　름　　　　　　의

파 수 병

직장 생활을 한 지 두 달 즈음. 한산한 일요일, 늦은 아침을 차려 먹고, 책 붙들고 뒹굴다가 낮잠 자고, 시장 한 번 다녀오고, 그리고 책상에 앉아 멍하니 있다. 이런 나의 상태가 영 어색하다. 마음 같아서는 주말에 눈에 활자를 듬뿍 바르고 글도 많이 쓸 수 있을 것 같았는데, 잘 안 된다. 왜 그럴까. 처음에는 피곤해서 그러려니, 적응이 되면 나아지려니 했는데, 분주한 일요일도 한가로운 일요일도 눈만 껌뻑거리는 사이 휩쓸리듯 지나가기는 매한가지다. 불현듯 불안이 생겼다. 근근이 살아가는 것에 대해. 글쓰기를 배반하고 사는 삶에 대해.

　얼마 전에는 퇴근 후 오랜만에 연구실에 들렀다. 중요한 회의 자리. 몇 가지 결정해야 할 안건을 처리했다. 한 동료가 나에게 직장 생활은 언제까지 해야 하느냐고 조심스럽게 물었다. 나는 아마 최소 2년에서 기약 없이라고, 현재로서는 마땅한 돌파구가 없다고 했다. 집에 아이가 혼자 있어 허겁지겁 돌아오는 길, 한없이 착잡했다. 어쩐지 내가 멀리 떨어져 나온 느낌이 들었다. 불과 서너 달 전만 해도 성북천을 산책하면서 연구실 동료랑 현장 인문학에 대한 이런저런 구상을 얘기했다. 준비된 것 없지만 막연히 설레었다. 가치 있는 삶을 살고 싶다던 각오에서 풀려난 지금은 회의 한 번 참석하는 것도 쩔쩔매고 있으니 암담한 거다. 글쓰기 수업도, 현장 인문학도, 시 세미나도 잠시 보류가 될지 아주 단절일지, 이상과 현실 사이의 균열상에서 내가 어떤 연관을 만들어낼지 아무도 모른다.

밤에는 끊어진 관계를 고통스러워하는 여자가, 낮에는 새로운 일상을 웃어넘기는 여자로 산다. 회사가 이상의 '제비다방'에서 열 걸음 떨어진 곳이다. 마당에 하늘이 들어차는 아담한 한옥이다. 우리 사무실에 다녀간 한 친구는 처마 끝만 봐도 힐링이 되겠다고 했고 다른 한 친구는 여기서 놀고 싶어서 어떻게 일하냐고 걱정했다. 편집장님은 유머 있고 지적이고, 무엇보다 언어 사용이 유려하니 존경스러웠다. 마감을 앞두고 추가 인력이 필요해서 글쓰기 수업 도반이었던 친구를 채용하여 크게 의지가 된다. 같이 일하는 그래픽 디자이너는 소설 출간을 앞둔 예비 작가로서 문학적 소양이 풍부하다. 다섯 명이 마감 작업을 함께 했는데 팀워크가 좋아 서로 얼굴 맞대면 웃음보부터 터졌고, 일할 때는 진지했고, 점심과 저녁마다 서촌 근처의 맛집을 섭렵하며 보신했다.

이렇게 써놓으니 신의 직장 같다. 그게 전부는 아니기도 하거니

와, 나는 이런 조증 상태가 다소 버겁다. 주린 것, 우는 것과 궁상떠는 것에 익숙한가보다. 부를 축적하는 건 아니지만, 잘 먹고 잘 놀려니 어색하다. 월급날을 향해 하루씩 좁혀가며 남들처럼 살아간다는 것이 쑥스럽다. 이 일말의 안락함이 수렁처럼 나를 끌어들일 것도 같다. 한 선배랑 같이 취재 가면서, 가진 자들의 잡지를 만드는 게 삶을 배반하는 것 같아서 어쩔 수 없이 죄의식이 든다고 했다. 그러지 말라고, 내가 아는 가장 급진 좌파인 지인도 가정생활을 위해 대기업에 다니고 실적 올리는 상품 판매도 열심히 하는데 좋아보인다고 했다. 한마디로 '밥벌이가 어때서'라며, 이념과 가치를 추구하느라 가족들 굶기는 운동가를 비판했다.

나는 밥벌이를 간절히 원하면서도 거기에 붙들릴까 염려한다. 하이데거는 우리가 거주하는 이 세계의 일상성이 무너질까 두려워할 때 발생하는 것이 '불안'이라고 했는데, 나는 내가 거주하는 이 세계의 일상성이 강고해질까봐 두렵다. 김수영의 시구대로 "거리에 나와서 집을 보고, 집에 앉아서 거리를 그리던" 그런 어리석음을 동력으로 굴러가는 인생이다.

밥을 위한 삶. 가치를 추구하는 삶. 이분법적으로 하나만 선택해야 하는 상황 자체가, 노동과 삶이 분리된 처지가 사람에게는 폭력적이다. 하나만 골라서 극단을 취하기는 어쩌면 만만할 것이다. 둘 사이의 경계에서 긴장을 견디는 게 삶의 기예일 것이다. 그게 어려워 김수영도 제정신으로 살아야 한다고 노상 주문을 외웠고, 자기 미움으로 온통 시를 도배해놓았겠지. 내가 무슨 돈, 지위, 명예 같은 권력의 표상을 탐하는 자도 아니고, 어떤 슬픈 일이 있어도 눈물을

말리고 내일을 위해서 잠을 자야 하는 극히 평범한 삶을 살아가는 데도, 사는 일이 간단치 않다.

만약에 나라는 사람을 유심히 들여다본다고 하자
그러면 나는 내가 시와는 반역된 생활을 하고 있다는 것을 알 것이다

먼 산정에 서 있는 마음으로 나의 자식과 나의 아내와
그 주위에 놓인 잡스러운 물건들을 본다

그리고
나는 이미 정해진 물체만을 보기로 결심하고 있는데
만약에 또 어느 나의 친구가 와서 나의 꿈을 깨워주고
나의 그릇됨을 꾸짖어주어도 좋다

함부로 흘리는 피가 싫어서
이다지 낡아빠진 생활을 하는 것은 아니리라
먼지 낀 잡초 위에 잠자는 구름이여
고생도 마음대로 할 수 없는 세상에서는
철 늦은 거미같이 존재 없이 살기도 어려운 일

방 두 칸과 마루 한 칸과 말쑥한 부엌과 애처로운 처를 거느리고
외양만이라도 남들같이 살아간다는 것이 이다지도 쑥스러울 수가 있
을까

시를 배반하고 사는 마음이여

자기의 나체를 더듬어보고 살펴볼 수 없는 시인처럼

비참한 사람이 또 있을까

거리에 나와서 집을 보고 집에 앉아서 거리를 그리던

어리석음도 이제는 모두 사라졌나보다

날아간 제비와 같이

날아간 제비와 같이 자국도 꿈도 없이

어디로인지 알 수 없으나

어디로든 가야 할 반역의 정신

나는 지금 산정에 있다

시를 반역한 죄로

이 메마른 산정에서 오랫동안 꿈도 없이 바라보아야 할 구름

그리고 그 구름의 파수병인 나.

- 김수영의 시 〈구름의 파수병〉

일이라는 ' 가치 '

세상의 모든 처음은 얼마나 무서운가

컨베이어 벨트 돌아가듯 날마다 원고 찍어내던 때가 있었다. 재봉틀 드르륵 박고 (문장을 쓰고) 단추 달고 (제목 달고) 끝도 없이 나오는 실밥 뜯고 (교정하고) 그러다 보면 하루가 훌쩍 저물었다. 이젠 그 짓을 못하게 됐다. 몸이 녹슬었다. 아주 다행이다. 쉽게 글이 써진다는 사실이 반은 대견하고 반은 수치였다. 익숙한 생각, 진부한 표현들을 국수 가락처럼 쭉쭉 뽑아낸다는 것이 부끄러웠고, 노동을 통해 생산에 참여하고 아이들 입에 밥을 넣어준다는 점에서 고무적이었다. 이도 아니고 저도 아니고. 해도 좋고 안 해도 그만인. 그래서 아무것 아닌 정지의 느낌. '인생은 너무 길다'는 한탄이 나를 지배했다. 깨어 있는 것도 아니고 잠든 것도 아닌 불면의 감각으로 1년쯤 산 것 같다. 나 이제 사보에 글 쓰는 거 지겹다는 말을 친한 벗들에게 간간히 흘린 지는 2년 정도 지났을 거다. 내 삶의 거푸집에서 벗어나고자 하루에 적어도 30분씩은 꾸준히 몸부림쳤다. 나는 왜 쉽게 살지 못하는가, 이런 안달이 사치는 아닐까 입가심성 고민도 막판에 10초씩 곁들였다. 내가 명품백을 탐하는 것도 아니고 세계일주를 간다는 것도 아닌데 삶의 존재 양식에 관한 고민이 왜 삶의 사치가 되어야 하나 억울했다. 더디게 오가는 시간들, 세월은 꾸역꾸역 흘러주었다. 쉽게 살지 못하는 것, 그래서 쉽게 쓰지 못하는 것, 불면을 유발하는 이 괜한 증상이 나를 조금 다른 곳으로 데려다주었다.

《위클리 수유너머》 창간 후 편집진 동료들과 밥 먹다가 우연히 글쓰기 얘기가 나왔다. 연구실 후배들에게 글쓰기 능력을 장착시키기 위해 외부 기관 강좌에 연수를 보내자고 했다. 그랬더니 왜 비싼 돈 내고 밖에서 하느냐며 나 보고 직접 해보란다. 내가 글쓰기 강좌를 한다는 것은 도저히 상상해본 적이 없었다. 근데 또 딱히 못할 이유도 없어 보였다. 강좌 기획안을 쓰려는데 망설여졌다. "다음 주에 초안 내볼게." "1월 안으로는." "2월까지는 꼭 써 볼게……." 미루고 또 미뤘다. 내가 수유너머에서 돈 받고 글쓰기 강좌를 한다면 어떤 의미여야 하는가. 백 번쯤 자문자답의 시간을 가졌다. 평상시 감정 배제 모드로 사는 선배에게 전화해서 자문을 구했고 '실사구시형 글쓰기'로 윤곽을 잡았다. 그렇게 노사 협상보다 어려운 나와의 합의가 끝나고 선배가 건넨 "넌 할 수 있어"라는 오글거리는 덕담을 낚아채듯 접수했다. 그날 밤 10시부터 새벽 3시까지 썼다 지우고 뒤집고 엎고 고르고 빼고 다듬으면서 강좌 안내에 들어갈 문장 열 줄을 겨우 완성했다.

다음 날, 동료들과 밥을 먹으면서 글쓰기 강좌 제목을 지어달라고 했다. 영민한 한 동료의 입에서 예언처럼 어떤 말이 튀어나왔다. "글쓰기의 최전선!" 생태찌개 국물을 뜨다가 냄비와 입의 중간쯤에 수저를 세우고 다른 동료가 맞장구다. "그거 좋다!" 글의 시작부터 배우는 글쓰기의 최전선, 삶의 최전선에서 이뤄지는 글쓰기. 공지를 띄웠다. 그리고 폭풍 마감됐다. 난 판매왕 아닌데 오가는 사람들이 강좌 대박을 축하한다고 하니 부끄러웠다. 은근히 긴장됐다. 동료와 수다를 떨다가 지금 이 상황이 매우 당황스럽고 부담스럽다고 말했더니 그가 시니컬하게 한마디 던진다. "철학하려고 하지 말고 글쓰기를 해. 뭐가 문제야?" "알았어" 냉큼 답했다.

뜨끔했다. 나는 은근히 철학을 겸비한 글쓰기를 하려고 욕심내고 있었다. 한 번에 다 이루려는 전형적인 초보자의 조급증. 그는 나쁜 글, 좋은 글 사례나 많이 모아두라고 했다. 노가다가 진리니 3D모드로 일해야지 다짐했다. 잠시 망각했는데, 나는 생산 모드에 돌입했을 때 철학하지 않았다. 몸 써서 일했다. 농부처럼 허리 굽혀 씨 뿌릴 때 무언가 자라났다. 그리고 누가 누구에게 '좋은 무엇'을 말로써 가르칠 수는 없다. 하다못해 아들과 대화할 때도 애초의 훈화 목적은 빗겨 가기 마련이다. 타자를 변화시키는 힘은 계몽이 아니라 전염이다. 자꾸 까먹는다. 긴긴 겨울밤 존재의 방 이쪽 끝에서 저쪽 끝으로 마냥 뒹굴던 농한기가 가고 농번기가 온다. 글쓰기 강좌라는 농사를 앞두고, 내 좋은 봄날의 캐롤송 〈하얀 목련〉을 부른다. 몸이 깨어나도록.

'글쓰기의 최전선' 첫 번째 수업을 마치고 생각했다. '인터뷰랑 강의랑 비슷하네.' 어차피 낯선 사람과 사람이 만나서 생각과 느낌을 섞고 '글'이라는 생산물을 만들어낸다는 점에서 그랬다. 일주일이 후딱 갔고 수업이 기다려졌다. 글쓰기 수업이 전생처럼 익숙했고 천직처럼 재미났다. 아는 거, 모르는 거, 있는 거, 없는 거 다 탈탈 털어서 나누고 주거니 받거니 하다 보니 얼결에 나도 많이 배웠다. 마지막 수업 때는 연천으로 엠티를 떠났고 밤 산책에서 반딧불의 향연을 보는 호사를 누렸다. 별이 쏟아지는 하늘 스크린이 눈앞으로 내려온 느낌이랄까. 시야에 일렁이는 반딧불의 움직임은 진정 몽롱하고 아득했다. 좋은 글과 좋은 추억 가득했던 짜릿한 시간들. 마지막 수업을 끝내고 생각했다. '강의랑 연애랑 비슷하네'

예정된 일이었지만 허탈하고 허전했다. 궁상맞게 이현우의 〈헤어진 다음 날〉 그 노래까지 떠올랐다. 남녀상열지사에 따르는 표준적인 이별 감정은 아닐진대 라디오에서 슬픈 노래만 나오면 눈물이 찡흘렀다. 토요일이 길었다. 그 무자비한 청승의 시간이 가고 한 달 정도 지나자 서서히 평상심으로 돌아왔다. 이런 내가 비정상은 아닌가 보다. 파스칼 키냐르의 《은밀한 생》을 읽다가 이런 구절을 발견했다. "배울 때 기쁨을 느끼지 않는 자는 가르쳐서는 안 된다. 무언가 다른 것에 열중하는 것, 사랑하는 것, 배우는 것, 그것은 같은 것이다."

그럼에도 불구하고, 세상의 모든 처음은 얼마나 무서운가. 첫 사랑, 첫 아이, 첫 친구, 첫 스승, 첫 동료. 처음이라서 서툴고 두렵고 설레고 그리고 애틋한 그 무엇. 한 존재의 급진적 변화를 끌어내는 첫 바이러스들. 급류 같던 몇 군데 '첫' 인연을 통과하고 '글쓰기의 최전선' 동료들을 만나며 나는 믿게 됐다. 인간은 처음 인연에 매몰된 만큼 성장한다.

그 게 ___ 왜 ___ 궁 금 한 거 죠 ?

"세상에 저런 일이 어딨어." 아버지는 텔레비전을 보면서 늘 말씀하시곤 했다. "말도 안 되는 얘기"라는 말도 꼭 덧붙였다. 어릴 때부터 나는 그 말이 싫었다. 세상을 다 아는 것도 아닌데 어떻게 저렇게 확신하지? 말도 안 된다면서 굳이 보면서 욕하는 것도 이상했다. 나는 자라서 세상에 일어나지 못하는 일이 없다는 걸 알게 되었고 백발성성한 아버지는 〈세상에 이런 일이〉라는 프로그램을 즐겨 보는 온순한 시청자가 됐다.

아랫집에 사는 육십 대 초반의 어르신과 엘리베이터에 가끔 동승한다. 오전에 눈곱만 간신히 뗀 몰골로 대파가 삐져나온 장바구니를 들고 있을 때도 보고, 저녁 강의를 마치고 노트북 가방을 멘 채 밤 12시에 마주치기도 한다. 어색한 인사를 나누곤 했는데, 하루는 남편이 말했다. "아랫집 아저씨가 당신 무슨 일 하느냐고 물어보더라."
비슷한 일이 또 있었다. 지난 성묘 때 친척 남자 어른은 내가 정확히
무슨 일을 하(길래 성묘에 빠지)느냐고 남편에게 물었단다. 그들에게 나
는 남편을 경유해서 존재하는 '안사람'이다.

"무슨 일 하세요?" 가끔 눈앞에서 질문을 받기도 하지만 그게 또
꼭 유쾌한 건 아니다. 글 쓰는 일을 한다고 말한다. 그러면 소설가
냐, 시인이냐, 방송 작가냐 직업 유형을 대가며 되묻는다. 자동 반응
이다. 문창과 나왔냐, 국문과 나왔냐, 신방과 나왔냐는 질문도 곁들
여진다. 글쓰기 수업 버전도 있다. 소속을 물어온다. 대안연구공동
체에서 한다고 말하면 그게 어디냐, 누가 듣느냐, 무슨 과정이냐 묻
고는 마지막에는 꼭 이렇게 마무리된다. "그런 일 하고도 먹고살 수
있어요?"

그 말은 그 옛날 아버지의 말씀 "세상에 그런 일이 어딨어"의 리
메이크처럼 들린다. 다른 사람의 삶으로 들어가서 이해하기 위한 말
건넴이 아니라 바깥에서 자기 생각을 주장하기 위한 말 던짐이다.
달갑지 않다. 먹고살 수 없으면 생활비 대줄 거냐고 따지고 싶은 심
술이 슬그머니 올라온다. 그들은 왜 질문하는 자리에 있고 나는 왜
쩔쩔매며 답하는 자리에 있는가. 아니, 저 질문의 형식을 띤 모욕하
는 자리는 왜 사라지지 않는가.

나와 글쓰기 공부를 하는 학인들도 자주 하소연한다. 어떤 이는
대학교 3학년에 자퇴하고 글 쓰고 그림 그리는 일만 하고 있다. 어
른들은 물론 친구들조차 '재입시'로 추측하거나 아니면 철없는 한량
짓으로 본다며 심지어 "집이 부자구나"라는 말도 듣는단다. 자기는

한량도 부잣집 자식도 아니고, 취직하거나 대학원에 가는 친구들을 보면 불안감에 흔들리는 존재지만, 그래도 지금은 자기를 내버려두는 중이라며 주변의 몰이해를 안타까워했다.

허수경의 시 구절처럼 설명할 수 없는 일들은 나를 울게 한다. 명함과 소속이 없으면 이리저리 치인다. 직장 다니는 여자가 살림하는 건 당연시되지만 살림하는 여자가 공부하는 건 수시로 이유를 추궁당한다. 학위와 등단과 취직을 위한 공부가 아니어서, 그냥 글 쓰고 싶은 삶이어서 나는 긴 세월 난감했다. 사회적 약자는 가진 게 없는 사람이 아니라 무지한 질문에 답해야 하는 사람이라는 것을 몸으로 겪었다. 내가 책을 냈다고 했을 때도 가장 먼저 듣는 질문은 이거였다. "어느 출판사예요?"

사람이나 책이나 이름 대면 알 만한 반듯한 명패가 방패가 되어주는 세상에서, 불확실성의 살아가기로 버티려면 아버지들의 말씀을 반사시킬 질문 카드라도 한 장 준비해야 할까보다.

"근데 그게 왜 궁금한 거죠?"

사회적 약자는 가진 게 없는 사람이 아니라
무지한 질문에 답해야 하는 사람이라는 것을
몸으로 겪었다.

살림만 미워했다

장마가 소강상태다. 비가 벌써 그립다. 장마는 싫어도 비는 좋은데. 아쉽다. 생활인이 되고서는 긴 비가 원망스럽다. 이유는 빨래가마르지 않기 때문이다. 특히 여름철에 땀을 많이 흘려 옷이며 수건이 하루에도 몇 장씩 나오는데 비가 오면 빨래가 마르지 않고 말라도 눅진눅진하여 영 불쾌하다. 며칠 전에는 하는 수 없이 빨래를 세탁기에서 꺼내자마자 다림질을 했다. 하얀색, 파란색, 돌 기념, 창립기념 수건들, 나이키 특가전에서 사온 아들내미 티셔츠들, 큰 인형옷 같은 딸아이의 작은 팬티들, 나의 블링블링한 민소매티, 남편이교복처럼 즐겨 입는 감색 바지, 어시장의 생선처럼 셀 수 없이 늘어선 검고 하얀 양말들. 그것들 위를 다리미가 스윽 미끄러질 때마다뜨거운 김이 모락모락 피어났다. 마치 내가 다림질의 달인이라도 된 기분에 빠졌다. 물기가 빠지고 온기를 머금은 따뜻한 느낌이 좋아서 양말을 들어다가 뺨에도 대보았다. 장마철에 빨래가 보송보송하게 마를 생각을 하니 모처럼 다림질이 재밌고 보람찼다.

신혼 때는 가사 노동 중 다림질이 가장 고역이었다. 특히 와이셔츠. 팔을 다리면 몸통이 구겨지고 왼쪽을 다리면 오른쪽에 모질게 금이 갔다. 들었다 났다 엎었다 뒤집었다 반복하느라 30분에 겨우 한 장을 완성했다. 여름에는 미칠 노릇이었다. 속에서는 열불 나고 날씨는 푹푹 찌고 다리미는 뜨거우니 삼중 입체 열기 시스템이 따로 없었다. 요즘은 세탁소에서 와이셔츠 세탁 서비스를 제공하는데 "990원의 자유"라 적힌 포스터가 걸려 있다. 무려 자유다. 프랑스혁명의 슬로건 자유·평등·박애의 그 자유! 와이셔츠 다림질이 얼마나 인간 본성을 억압하는지 알 수 있는 대목이다. 암튼 와이셔츠는 지옥에나 떨어져라 온갖 악담을 퍼부었던 나였건만 지금은 이리도 신사임당 같은 자애로운 표정으로 다리미를 잡게 될 줄이야.

한편 다림질이 좀 아깝기도 했다. 이렇게 다려놓아도 어차피 샤워하고 몸 한번 닦으면 10초 만에 수건은 다시 물기를 먹을 테고, 아들내미 농구 한판 하고 오면 옷이 또 소금기에 푹 절어 잘 벗겨지지도 않을 것이고, 딸내미 놀이터에서 돌아오면 흙먼지로 코팅된 분홍 바지가 그대로 세탁기로 직행할 텐데 싶으니 말이다. 그렇게 따지면 밥도 24시간 이내 곧 똥이 되고, 청소도 아침에 하면 저녁에는 뒤죽박죽 난장판이 되고, 반찬도 식구대로 젓가락 몇 번 지나가면 사라지니 살림치고 허무하지 않은 게 없다. 살림은 밑 빠진 독에 물 붓기이며 독일의 어느 사회학자 말대로 바다 한복판에서 걸레질하는 것

이나 마찬가지다.

　어디 살림만 그러겠는가 싶다. 삶은 그 자체가 낭비다. 책 한 권을 어렵사리 읽어도 돌아서면 내용을 까먹지 않던가. 두툼한 책 한 권에서 단어 하나 내 것으로 만들기가 어렵다. 수학 문제도 몇 번을 풀어야 자신 있게 답을 쓴다. 수년간 다달이 부은 보험을 해약하면 푼돈만 남는다.

　사는 게 총체적으로 낭비라는 걸 인지하지 못할 때는 살림만 미워했다. 살림이, 정확히 가사 노동이 지겹고 하찮게 느껴져서 제발 집안일 안 하고 살길 간절히 염원했다. 지금은 아니다. 좀 나아졌다. 콩나물을 다듬고 깻잎을 씻고 쌀을 씻으면서, 땅에서 난 그것들을 만지면 마음이 순해지고 위로를 얻는다. 바닥 구석구석에 어질러진 머리카락을 쓸어 담으며 헝클어진 번뇌를 같이 모아버린다. 떨어진 단추를 달고 터진 솔기를 꿰매면서 벌어진 마음의 틈을 메운다. 해 드는 오후 마루에 앉아 빨래를 반에서 반으로 접으며 미련과 회한을 접는다. 날 괴롭히는 것이 날 철들게 한다더니 살림이 그렇다.

2015년 4월 나의 책이 한 권 나왔다. 책을 썼다, 책을 냈다 같은 표현이 가능하겠지만 난 그걸 책을 "낳았다"고 말하고 싶었다. 이 세상에 없던 것이 있게 되기까지의 시간에 엄살을 부리고 싶어서다. 정말이지 출간은 출산처럼 지난하고 지루했다. 원고를 다 쓰고 나면 부족한 데가 보여서 다듬어야 하고, 이제 되었는가 싶으면 빈틈이 드러나 메워야 하는 식이다.

원고를 보고 또 보는 것 외에도 프롤로그, 에필로그, 저자 소개까지 쓰고 또 써야 하는데, 그 과정이 꼭 산통 같다. 괴로움이 끝날 듯 끝나지 않고 뭔가 완성될 듯 되지 않고 힘은 점점 빠지고 그럼에도 불구하고 몇 번 더 용을 써야 몸에서 무언가 쑥 빠져나온다.

"제가 쓴 책이 나왔어요." 나는 부르튼 입술로 가까운 이들에게 출간 소식을 알렸다. 아이를 낳았을 때처럼 격려를 받았다. 축하한다, 대단하다, 대박나라, 고생했다, 부럽다 등등. 문장형 축하의 말들은 뭔가 간절했다. "나도 죽기 전에 책 한 권 쓰고 싶어요, 샘은 정말 열심히 사는 것 같아요." 뭐 그런 이야기를 했다. "다들 열심히 사는데…… 제가 외려 부끄럽네요."

어설픈 책 한 권에 쏟아지는 전인적 찬사에 어쩔 줄 몰라 하며 나는 황급히 둘러댔다. 책을 내기까지 힘든 건 맞지만 고생의 종류가 다를 뿐 그 정도의 노력 안 하고 사는 사람이 어디 있단 말인가.

나를 축하해준 이들 면면을 봐도 그렇다. 공교육이 무너진 나라의 교사로서 아이들과 씨름하느라 몸이 축나서 병원을 들락거리는 그다. 평일에는 제안서에 회의에 모금에 온갖 업무를 해내고 매주 집회에 다니느라 주말을 반납하는 시민단체 활동가다. 20년 언론 노동자로 일하며 매일 열정적으로 기사를 생산해온 사람이다. 해 떠서 해질 때까지 땅 일구고 농사짓느라 허리가 휘는 농부다. 그 치열함은 눈에 보이지 않는다. 그들 노동은 일상으로 흩어진다. 책처럼 축적이나 전시가 불가능하다.

문득 일전에 겪은 에피소드가 생각났다. 석사를 마친 후배가 다른 학문에 뜻을 두고 독일로 유학을 떠나기로 했다. 뒤늦게 전공을 바꾸자니 불안하고 서른 넘도록 뭐했나 싶으니 자기가 한심하다며 푸념을 늘어놓더니만, "나도 선배처럼 결혼해서 애나 낳아놓을 걸 그랬어요" 한다. 그 말을 들은 나는, 허탈했다. 공부처럼 자격증이 안 나와서 그렇지 결혼과 육아도 고생을 넘어선 고행이라고 말해주었다. 일찍 귀농한 지인도 비슷한 얘길 했다. "다 때려치우고 농사나

지어야지"라고 말하는 사람들을 보면 어디 한번 당해봐라 하는 심정이 된다고.

공부든, 육아든, 농사든, 출간이든, 장사든 본디 사는 일은 간단치 않다. 나와 세상의 협응이 쉬울 리 없다. 그런데도 유독 출판, 사유와 집필 노동의 성과물에는 그 자체로도 번듯한 지위가 부여된다. 판매량에 비례해 사회적 위상이 수직으로 상승한다. 지식 노동 전반에 관한 우대 풍토는 교육을 중시하는 유교 문화와 생산성이 최고라는 산업사회 이데올로기가 만나서 형성된 독특한 현상이 아닐까 싶다. 내 비록 무명작가지만 이번에 책을 내고 더욱 실감했다. 저자에게 부여된 과도한 권위와 선망을.

책을 내는 것, 그 자체가 선업일 수 없다. 특히 요즘은 특정 집단의 이익과 자기 정당성 확보를 위한 출판도 많고 쉽다. 그 경계와 판단은 모호하다. 쓰는 사람도 읽는 사람도 정신 바짝 차려야 한다. 책이 나왔을 때 주변에서 축하도 좋지만 그 책이 어떤 책인가를 따져묻고 토론하는 인문적인 풍토가 형성되면 좋겠다. '책 낳는 일'이 권력을 소유하는 게 아니라 권력을 해체하는 일이 되도록 말이다.

절판 기념회를 축하해도 되나요?

동네 꽃집을 지나는데 창문에 예쁜 글씨가 새겨져 있다. "우리 엄마도 한때는 소녀인 적이 있었답니다." 발걸음이 멎었다. 뭐랄까. 애잔함과 서글픔과 허탈함이 차례로 밀려왔다. 매년 어버이날이면 애들한테 카네이션 달라고 조를 때는 언제고, 저 문구에 쓰인 '우리 엄마'에 나도 해당된다는 사실이 인정하기 싫었다. 어느덧 내가 효孝마케팅의 판촉 대상으로 위로받는 처지가 된 게 못마땅했다. 그럼 뭐 지금은 시들었어도 예전엔 생기어린 꽃이었다는 건가? 고쳐주고 싶었다. "우리 엄마는 지금도 소녀일 때가 있답니다."

예전에 홍익대학교 청소노동자 노문희 씨를 인터뷰한 적이 있다. 그녀의 담당 구역인 건물 3층 복도 끝에 휴식 공간이 있었다. 새의 둥지처럼 몸 하나 겨우 웅크릴 공간, 책상 하나 놓이니 꽉 차는 창고 같은 방이지만 다행히 벽면 통유리 너머로 짙푸른 나무가 흔들려 운치를 더했다. 책상 위에는 낡은 스프링 노트가 정물처럼 가지런히 놓여있었다. 학생들이 버린 노트를 주워서 일기를 쓴다고 했다. 그녀가 넘기는 노트에는 깨알 같은 글씨와 소녀 얼굴의 스케치가, 마치 전혜린의 노트처럼 동경과 낭만으로 일렁였다. 나는 놀라 입을 다물지 못했다. 까맣게 염색한 보글보글 억센 파마머리에, 울퉁불퉁 힘줄 튀어나온 마른 손등에, 소매통 넓은 파란색 작업복을 걸친 청소부. 예순 살의 그녀가 감수성 주체로 여기 책상에 앉곤 한다는 사실이 마냥 낯설었다. 돌아오는 길, 우리 엄마도 가을이면 단풍잎, 은행잎을 주워서 식탁 유리 밑에 끼워놓곤 했던 생각이 났다. 엄마가 화초 가꾸기를 좋아하니까 그런 줄 알았는데, 엄마가 주운 것은 낙엽이 아니었을지도 모르겠구나 싶었다. 살면서 흘린 것, 놓친 것, 떨궈진 것들을 낙엽에서 보았던 게 아닐까. 잃어버린 당신 시간을 모으듯 몸을 구부려 줍고 부서질세라 쥐고 고이 간직하는 동안 엄마는 가을을 통과하는 소녀였던 거다.

나는 이십 대 초반에 결혼해서 아이를 둘 낳았다. 엄마로 오래 살았다. 남들은 나보고 젊은 엄마라고 말했지만 나는 일찍 엄마가 된 소녀였다. 엄마 아닌 생에 대한 갈망이 컸다. 앞치마 풀어버리 듯 엄마의 옷을 간단히 벗어버리고 싶었다. 체념인지 적응인지 마흔에 다다르자 심신의 변화가 왔다. 최승자 시인의 시구대로 "모든 일이 참을 만해요. 세포가 늙어가나 봐요" 하는 상태가 되었다. 그럭저럭 살 만했고 얼렁뚱땅 살아졌다. 하지만 심신의 변화가 전면적으로 진행되지는 않았다. 체력의 저하와 감각의 퇴화가 그래프처럼 항목별로 고르게 나타나는 건 아니었단 말이다.

나는 여전히 왕성하게 분열중인 세포를 발견했다. 두루두루 참을 만하다가도 견딜 수 없어지는 순간에 불쑥 튀어 오르는 힘, 내 피만 알아차리는 저항. 그것은 한숨이나 눈물 같은 울컥함으로 나타났다. 나는 불행을 예민하게 느꼈다. 내가 태어난 이유를 찾고 싶었다. 그것은 아마도 본래적 자아로 회귀하려는 어떤 경향성일 것이다. 일상의 아수라장 안에서도 뭉그적뭉그적 나의 자리를 찾아가게 하는 힘이 있었으니, 그때마다 나는 어떤 소녀와 대면했다.

이렇게 말할 수 있을까. 올드걸은 고정된 인격체가 아니라 하나의 존재 방식이다. 그러니까 피부에 잔주름 없애고 명품 몸매 가꾸어 '영우먼' 되려는 욕망처럼, 눈가의 물기와 사유의 탄력을 잃지 않는 '올드걸'이 되려는 욕망도 있다. 그런데 올드걸은 눈에 띄지 않는다. 영우먼은 미용 산업, 성형 산업, 의류 산업을 거쳐야 만들어지므로 매스컴에 의해 떠들 썩하게 알려지고 지속적으로 재생산되는 반면, 노트 하나 시집 한 권이면 족한 올드걸은 있어도 보이지 않는다. 이 사회의 거미줄 같은 자본 시스템을 경유하지 않는 존재는 발굴되지도 부각되지 않는 법이니까. 또한 일상생활에서 엄마 역할로 기능하면 딱히 드러날 기회가 없기도 하다.

나이든 여자를 마주하고 당신은 꿈이 뭐냐고, 무얼 욕망하느냐고, 어떤 슬픔이 있냐고 물어본다는 건 영 어색하다. 나도 엄마에게 그러지 못했다. 어쩌면 보통명사 '엄마'의 사적 영역은 한때 누군가의 '자식'이었던 우리 모두에게 상상불가능의 지대인지도 모른다. 그럼에도 불구하고 올드걸은 살아있다. 누군가 나에게 올드걸의 정의를 묻는다면 이렇게 말할 것이다. 돈이나 권력, 자식을 삶의 주된 동기로 삼지 않고 본래적 자아를 동력으로 살아가는 존재, 늘 느끼고 회의하고 배우는 '감수성 주체'라고.

- 《올드걸의 시집》 서문 중

국내 최초가 아닐까 싶은 '절판 기념 낭독회'가 2016년 어느 봄날 역촌동 한 북카페에서 열렸다. 주인공은 나의 첫 책 《올드걸의 시집》. 이 책은 소녀, 엄마, 작가로 사는 이야기에 시를 곁들인 산문집이다. 위의 서문에 썼듯이 나는 스스로 나이 든 여자, 즉 '올드걸'이라는 주체로 명명하고 시에 파묻혀 글을 썼다. 2012년 11월에 출간됐는데 출판사의 사정으로 3년 만에 절판의 운명을 맞았다. 절판은 출판하던 책을 더 이상 펴내지 않는 상태를 말한다. 이 예기치 못한 절판 사건을 통해 지난 한 달, 나는 출판만큼이나 값진 경험을 했다.

먼저 물건 파는 법을 배웠다. 출판사에서 남은 책 백 권을 내게 보내주었다. 사과 상자 크기 두 상자 분량의 책이 현관에 도착했다. 실물을 보자 아찔했다. '날 풀리면 야외 벼룩시장에서 팔까?' 별별 궁리를 다하다가 페이스북에 절판 소식을 알렸더니 페북에서 판매하라며 사겠다는 의견이 와글와글 달렸다. 댓글만 봐도 근심이 가셨다. 그런데 내가 직접 물건을 판다는 게 영 어색했다. 입금 확인과 상품 발송 같은 실무의 번다함도 우려됐다. 아니, 단지 화폐로 내 책이 교환되는 행위가 어쩐지 쓸쓸했다. 더 유의미한 유통 방법이 없을까 고민했다. 그때 북카페 한 켠에서 책방을 운영하는 페친 S에게 연락이 왔다. "우리가 팔게요!" 그는 다음 날 차로 책을 실어 갔다. 북한산 아래로 멀어지는 차를 보며 나는 고개를 끄덕였다. 그래, 맞다. 따로 또 같이 살자. 책 쓰기는 작가에게, 책 판매는 책방에서.

다음은 인연을 다하는 법을 배웠다. 페친 S와의 인연은 각별하다. 《올드걸의 시집》이 출간됐을 당시 난 흔한 무명작가였다. 책 소개가 언론사 두 곳에서 나왔고, 강연 요청은 도서관 한 곳에서 들어왔다. 그 한 번의 강연을 기획한 사람이 바로 S다. 그가 3년 사이 도서관 사서를 그만두고 북카페 겸 책방을 차린 것이다. 그리고 도모했다. "절판 기념회를요?" 나는 놀라서 되물었다. 그는 "출판 기념회만 하란 법 있어요? 이 책을 좋아하는 독자들 열 명 정도 모여서 같이 좋아하는 부분을 읽고 대화하는 오붓한 자리를 마련하자"고 했다.

마음이 동했다. 자고 나면 쏟아지는 신간의 홍수 속에서 어떤 책들은 소리 없이 사라진다. 보이지 않는 존재들, 사라지는 것들에 대한 응시와 애도는 《올드걸의 시집》의 주된 메시지와도 통한다. 또 책의 시작과 끝을 한 사람과 함께한다는 게 신기하고 고마웠다. 그래, 하자. 복 있나니 조촐한 절판기념회는.

마지막으로 제짝을 찾는 법이다. 사실 나는 책이 안 팔리면 어쩌나 걱정스러웠다. 다행히도 서울 끝자락 동네 한 건물 3층 책방에서 햇살을 받으며 주인을 기다리던 책 백여 권이 한 달 만에 임자를 만났다. 독자가 직접 와서 사가거나, 부산에서 제주에서 저 멀리 필리핀에서까지 우편으로 구매했다. 예닐곱 권 남은 책은 그날 절판기념회에 온 이들이 선물용으로 사갔다. 백 권의 책이 모두 영혼의 짝을 찾은 것이다. "애타도록 마음에 서둘리지 말라"고 시인 김수영은 노래했던가. 남은 책을 빨리 '팔기'보다는 늦더라도 '가닿기'를 바란 무모한 욕심, 사고파는 일이 단지 '물건의 거래'가 아닌 '삶의 교류'이

길 바라던 낭만적 시도가 이로써 무사히 성사됐다. 그래, 이거다. 어떻게 할까는 누구와 할까의 문제로 풀면 낫더라는 것. 그걸 배웠다.

　"절판 기념회를 축하해도 되나요?" 누가 묻길래 난 진심으로 답했다. "그럼요." 이토록 귀하고 요란한 이별 의식을 치르는 사이, 나는 더없이 좋은 책을 쓰고 싶어졌다. 책으로 세상과 내통하는 쾌락을 맛보았다. 작가로서 이보다 더 기쁜 일이 있을까.